岡山文庫

316

阿藤伯海《あとうはっかい》の世界《せかい》

定金《さだかね》　恒次《つねじ》

日本文教出版株式会社

岡山文庫・刊行のことば

岡山県は古く大和や北九州とともに、吉備の国として二千年の歴史をもち、遠くはるかな歴史の曙から、私たちの祖先の奮励とそして私たちの努力とによって、現在の強力な産業県へと飛躍的な発展を遂げております。

小社は創立十五周年にあたる昭和三十八年、このような歴史と発展をもつ古くして新しい岡山県のすべてを、〝岡山文庫〟（会員頒布）として逐次刊行する企画を樹て、翌三十九年から刊行を開始いたしました。

以来、県内各方面の学究、実践活動家の協力を得て、岡山県の自然と文化のあらゆる分野の、様々な主題と取り組んで刊行を進めております。

郷土生活の裡に営々と築かれた文化は、近年、急速な近代化の波をうけて変貌を余儀なくされていますが、このような時代であればこそ、私たちは郷土認識の確かな視座が必要なのだと思います。

岡山文庫は、各巻ではテーマ別、全巻を通すと、壮大な岡山県のすべてにわたる百科事典の構想をもち、その約50％を写真と図版にあてるよう留意し、岡山県の全体像を立体的にとらえる、ユニークな郷土事典をめざしています。

岡山県人のみならず、地方文化に興味をお寄せの方々の良き伴侶とならんことを請い願う次第です。

まえがき

阿藤伯海先生との出会いは、昭和二十六年八月にさかのぼる。当時岡山大学教育学部三年生であった私の自宅に、漢文学教官の木下彪先生（埼玉県渡瀬郡渡瀬村ご出身）が桃狩りに来られて宿泊。翌日、「この近くに友人で阿藤伯海という碩学が住んでいるので、できれば訪ねたい」由を承り、六条院東相部のお宅へ自転車でお連れした。私はすぐ失礼すると言ったが、阿藤先生は、「君もお上がりなさい」と言われるので、ついお言葉に甘えた。式台をあがって客間に通されると、脇息を勧められ、いたく当惑したり恐縮したりした記憶がある。

その後、昭和二十七年の秋、国語科専攻学生を対象に、元第一高等学校教授阿藤伯海先生の「特別講義」があるという案内が掲示板に出た。私は前年お宅でお目にかかった記憶がよみがえって率先して受講した。

受講生は三十名ぐらいだったと思うが、法文学部や教育学部の哲学、国文学、漢文学などの諸先生も聴講に来られ、後方に着席されていた。哲学の高山峻先生が阿藤先生を紹介され、いよいよ講義に入ろうという段階になって、なぜか阿藤先生は「先生がたは退室してください」と言われる。「私の拙い講義は聴くに値《あたい》しない」という意味である。阿藤先生はしきりに退室を促され、先生がたが教室にいる以上講義はしない、という姿勢を貫かれる。阿藤先生の強い意志に抗《あらが》いきれなくなった先生がたは退室を余儀なくされた。かれこれ数分経ってようやく講義は開始された。

阿藤先生は、日本人にとって「論語」と「唐詩選」とは必読の書である、と前置きされ、両書の成り立ちや日本への伝来を説明されたあと、「唐詩選」の何首かを音吐朗朗と吟じながら講義してくださったのが印象的であった。

その後、私は昭和四十年、阿藤先生の母校、岡山県立矢掛高等学校へ国語科教師として赴任。四月六日の入学式（私にとっては就任式）当日は奇しくも阿藤先生のご葬儀の日であった。板谷二郎校長（当時）が矢掛高校を代表して葬儀に出席、私には板谷校長に阿藤先生のご自宅を地図に書いてお教えしてご冥福を祈るほか、なすすべはなかった。

こうした機縁もあって、私は阿藤伯海先生についてささやかに研究してきた。その成果を高梁川流域連盟機関誌『高梁川』第73、74、75、76号や倉敷市立短期大学研究紀要第60号などに発表した。

本書は、これらの論文に添削を施しながら執筆したものである（注）。諸賢のご叱正をいただければ幸甚である。

平成三十年十一月　　定金　恒次

（注）原文のまま。実際の経緯については、あとがき参照

【凡例】
・本文中の文献引用は行頭2字あきとした。
・引用の出典明示は行末にこころがけた。
・今日から見て不適切と思われる表現については資料的意味と時代性をかんがみ、そのまとした。

【参考文献】
高梁川流域連盟機関誌「高梁川」第73号　高梁川流域連盟機関誌「高梁川」第74号
高梁川流域連盟機関誌「高梁川」第75号　高梁川流域連盟機関誌「高梁川」第76号

【写真】
以下の写真は浅口市教育委員会所蔵である。
（文化財）市指定史跡「阿藤伯海旧居」長屋門 表紙、市指定史跡「阿藤伯海旧居」母屋 83頁、阿藤伯海記念公園記念広場顕彰碑2基 137頁
（資料）阿藤伯海の晩年写真 1頁、一高時代の写真 11頁、教授時代の写真 45頁、自述句 142頁

【謝意】

倉敷市教育委員会生涯学習課内高梁川流域連盟、浅口市教育委員会文化振興課、阿藤伯海記念公園の皆様には大変お世話になりました。心から感謝申し上げます。

目次／阿藤伯海の世界

没後の顕彰
―その人と文学―

表紙／阿藤伯海旧居臥龍門
扉／晩年の阿藤伯海

修業時代

―その人と文学―

阿藤伯海

一　生家と生い立ち

阿藤伯海は明治二十七年（一八九四）二月十日、岡山県浅口郡六条院村（現浅口市鴨方町六条院東）相部《あいべ》に、父暦太、母天留の長男（六人兄弟）として生まれた。本名は伯海《はくみ》。後年「簡《かん》」と名のり、「大簡《たいかん》」「伯海《はっかい》」「伯𣴎《はっかい》」などと号した。「簡」とは「志が高くて大きい」の意であるという。また姓を「滕《とう》」とか「阿刀《あとう》」とも称した。「滕《とう》」は唐の高祖（李淵）の末子で、滕《とう》王（現江西省、王勃の「滕《とう》王閣序」で有名）に封ぜられた李元嬰に私淑し、その子孫であるとみなしたものであり、「阿刀」は奈良仏教の貢献者阿刀氏玄昉や、空海の母方伯父阿刀氏の子孫であると仮想したものといわれる。

生家は大地主で、先祖代々学問や芸術に造詣の深い家柄であった。祖父の嘉平は「松斎」と号し、書をよくし詩歌にも長じていた。また、郷土の先覚で、家塾「嶺南精舎《れいなんしょうじゃ》」を開き、子弟や青少年の教育に力を入れた。父暦太は

「松年」と号し、村人からの信望が篤く村議や銀行の支店長なども務めた。

生家には今も、城門のような鉄の鋲を打ち込んだ大きな門がある。かつてはこの門の両側の柱に次のような門聯が掲げられており、格調高い家風と高雅高潔な人生観を彷彿させていた。

桐華可作鳳凰食
竹葉還成虎豹文

この句は何紹基《かしょうき》の作であり、「桐の花は鳳凰の食べ物にすることができるし、竹の葉はまた虎や豹の飾りになる」という意味である。

庭内には先祖代々大切にされた「臥龍の松」と称される松の大木があり、祖父（**松斎**）・父（**松年**）の号もこの松に由来している。この松は戦後松食虫の被害で枯れたが、伯海自身ことのほか愛着を感じ、次のように詠じている。

臥龍庵題臥龍松
閲盡風雪木更強
秦官冠蓋至今蒼
月明仙鶴南飛後
猶見蛟龍擁屋梁

臥龍庵にて臥龍の松に題す
風雪を閲《けみ》し尽して　木更に強し
秦官の冠蓋《かんがい》　今に至るまで蒼《あを》し
月明に仙鶴の南飛せし後
なほ見る　蛟龍の屋梁を擁するを

風や雪（長い間の苦労）を経て、松の木はますます強く、葉の広がった枝は現在に至るまであおく茂っている。その松から月明に鶴が南に向かって飛び去った後、蛟龍が屋根をおおっているように見えることだ。

（注）秦官＝秦の始皇帝が旅の帰途、松の木の下に雨宿りをし、謝礼として松に官位を授けたという故事から、松の木のことを秦官というようになった。

松
百尺重陰壓故鄽
千秋壽色宿蒼煙
晩来風起雲濤湧

松
百尺の重陰　故鄽《こてん》を圧す
千秋の寿色　蒼煙を宿す
晩来　風起りて　雲濤湧く

疑見老龍飛上天　　疑い見る　老龍の上天に飛ぶかと

・故鄽＝旧居。鄽はやしき。宅地。

百尺もある松の木の枝の重なった陰がわが屋敷（宅地）を圧している。そして千年（長い年月）の寿色は青いもやを宿していることだ。ある日暮れ方に突然風が吹いてきて雲の波がわき起こった。それは、まるで老龍が空高く飛んでいるのではないかと思われることであった。

哀偃松　　偃松《えんしょう》を哀しむ

昔人曾種洞前松　　昔人かつて　洞前に松を植う
豈謂千年委白茸　　あに千年　白茸に委んと謂わんや
黄鶴還來明月在　　黄鶴還り来りて　明月在り
天飆一夜失蒼龍　　天飆《てんぺう》一夜　蒼龍を失ふ

・偃松＝倒れた松　・天飆＝大空に吹きすさぶ強い風

昔の人（祖先）が、かつてわが家の前に松の木を植えた。どうして長い年月が経って、白茸が生えるのに任せておこうといおうか。この松には黄鶴が還ってきてとまり、天には明月がかかっているという優雅な眺めであった。ところが大空に吹きすさぶ強風のために、一夜にして青々とした龍にも似た立派な松の木は倒れてしまった。

庭上稚松　　　庭上の稚松

歳寒後凋色　　歳寒　凋むに後るるの色
挺質自従容　　挺質　自ら従容たり
稍見凌雲氣　　やや見る　凌雲の気
庭中未起龍　　庭中　未だ龍を起こさず

・歳寒＝寒い季節。冬のこと。・挺質＝ねばっこい性質。逆境に耐える力。
・従容＝ゆったりとして落ち着いたさま。
・凌雲＝雲をしのいで天高く上ること。俗界を超越すること。

我が庭の稚松は冬の寒い季節にも、なかなかくじけようとはしない。その忍耐強い性質は自然とゆったりとして落ち着いている。そして、すでに雲をしのいで天高く上るような気配さえみえるが、この庭の中ではまだ龍

を起こすには至っていない。（やがて龍となって空高く上っていくであろう）

ところで、伯海の生まれたこの相部の里を中心とした浅口界隈の風景と土地の印象を、石川忠久全日本漢詩連盟会長は次のように語っている。

浅口、特に相部付近には「文気」が凝っていると思う。私は昨日（筆者注＝第二十五回国民文化祭文芸祭「漢詩」大会前日の平成二十二・十一・二）吟行会に参加し、阿藤伯海先生の生家を訪れたが、あたりの風景にはまさしく「文気」が満ちあふれていた。浅口及び浅口周辺には古くは吉備真備や西山拙斎、新しくは阿藤伯海先生らの大学者を生み出すような「文気」をかもし出す土壌がある。中国ではこうした「文気」を「風水」と呼んでいる。なるほど、こういう「風水」のあるところに有為な人物が生まれ育つのであろう。

私はこれまでに、こうした「文気」「風水」に満ちた地を訪れた経験が二回ある。

一回目は中国の朱熹《しゅき》（南宋の儒学者、「朱子学」を大成した人）の墓参のため、その生地安徽《あんき》省婺源《ぶげん》を訪ねたとき。あたりの風景全体が「風水」そのもので、いたく心を打たれた。

二回目は諸橋轍次先生（大漢和辞典の編者）の生誕の地である新潟県南蒲原郡森町村（後の下田村・現三条市）を訪れたとき、周辺の風土・風物に得も言えぬ「風水」を感じ、しばし感慨に浸った記憶がある。

三回目の「文気」体験がこのたびの伯海先生の郷里「浅口」の地であり「鴨方」の郷《さと》である。浅口の人は大変よい所に住んでおられる。これからも有為な人材が育つにちがいない。（第二十五回国民文化祭・おかやま二〇一〇文芸祭「漢詩」浅口大会の記念講演にて）

また伯海の法政大学での教え子**斎藤磯雄**は恩師伯海の生家を訪れた際の印象を雅文調で次のように述べている。

鴨方駅の東、行くこと半里にして大素封家の方宅あり、屋舎蒼古、茂樹脩竹の間に隠見する。気象高大、常人の居にあらず、村人に問うまでもなくこれ備州の大姓阿刀氏の居館なるを知る。長い築地塀に沿ひ、細径竹影を踏んで門前に到れば、門外前方なほ池泉あり梅林あり楓林あり、更に彼方、大松林を遠望するが、悉くこれ阿刀家の園囿である。甍を戴く黒門の重い扉の左右には、紹基の六朝風の書体を刻んだ柱聯。

桐華可作鳳凰食
竹葉還成虎豹文

桐華作《な》すべし鳳凰の食
竹葉また成す虎豹の文

扉の内を窺ひ見れば甃石《しきいし》の彼方、正面大玄関の上には狩野君山夫子毫を揮ふところの「臥龍洞」の扁額。広大な庭に敷きつめられた白砂の上に婆娑として影を落してゐるのは臥龍松である。(中略)

私が最後にこの臥龍洞を訪れたのは、先生の捐館《えんかん》に先立つ一年有半、昭和三十八年の晩秋であったが、その時、玄関左の廊を遶らした客室には黄山谷の筆蹟が、酒饌を賜はった奥の一室には探幽の画幅が、壁間に掲げてあった(―あの画中の酔老人を僕はひそかに杜少陵と思ひなしてゐるのですよ、どうでせう、と先生は仰せられ、苑外江頭坐シテ帰ラズ……と低く口ずさまれたのを記憶してゐる)。―そして玄関の右、臥龍松の彼方なる書斎には、君山博士筆「虚白室」の軸が懸けてあり、黒檀の書架には漢籍が堆く積み重ねられ、開け放たれた窗からは「稲田百頃擁松林湖尾孤舟水竹深(筆者訓読=「稲田百頃松林ヲ擁ス。湖尾孤舟水竹深シ」)の佳景が霏微として遠望された。…

(『阿藤伯海先生追懐』所収「先師追懐」)

筆者注＝右の漢詩句は、このあとに「九日漁翁贈醪去追随欲問白鷗心」（九日漁翁醪ヲ贈ツテ去ル。追随シテ問ハント欲ス白鷗ノ心）と続く。かつて伯海が斎藤磯雄に与えた書簡の中に「重陽作」と題して認《したた》めた七言絶句である。

二　小・中学校時代

明治三十三年（一九〇〇）、伯海少年は六条院小学校に入学する。伯海は小学生のころから容姿や風貌が端正であったという。清岡卓行（『詩礼伝家』の著者）は六条院村の古老（伯海の小学校時代の同級生）から聞いた話として、次のように語っている。

（伯海先生は）勉強が非常によく出来て「生徒長」であり、姿勢がよく、身だしなみがいつもきちんとしていた。休み時間に運動場が生徒で溢れているときなど、ほかの男の子たちは皆、羽織の紐をなくして遊びまわっていたが、幼い（伯海）先生だけは羽織の紐をかならずきちんと結んでいた光景が懐かしく思い出される。

明治四十一年（一九〇八）、十四歳になった伯海は岡山県立矢掛中学校に入学する。矢掛中学校は自宅から真北へ遥照山（標高四〇五メートル）を距てて約二十㎞の地点にあり、交通も不便なため寄宿舎に入ったものと推察される。

矢掛中学校は明治三十五年、岡山県で四番目に開校した名門中学校で、遠隔地（遠くは台湾など）からの入学者も多く、寄宿舎は整備されていた。余談ではあるが、筆者も昭和四十年に矢掛高校に赴任し十五年間教鞭をとったが、赴任当時は広い校庭の一隅に寄宿舎が残っており、青雲の志を抱く生徒たちの壮大な決意（落書き）が、襖《ふすま》や壁に墨痕鮮やかに書かれていたことが印象的であった。伯海もこうした寄宿舎生と寝食を共にしながら、夢多き青春時代を過ごしたに違いあるまい。また、帰省する際は二〇キロメートルの山越えの悪路を歩いたであろうことも想像に難くない。

伯海は矢掛中学校時代は剣道（当時は武道科「撃剣」と称していた。「剣道」という呼称は大正六年以降との由。）**清岡卓行**はその著『詩礼伝家』で「伯海先生のすっきりした姿勢は、たぶんそうした鍛錬にも関係があったのであろう」と述懐している。ちなみに、伯海の長身で端正な容貌は芥川龍之介に酷示していたという。芥川龍之介が自殺したのは昭和二年七月二十四日であるが、その数日後、伯海が友人と本郷あたりの街頭を歩いている姿を見かけた人たちは、「新聞で芥川は死んだという記事を読んだが、まだ生きているではないか」とか「今日見たあの芥川はもしや幽霊ではなかったのか」などと話したというエピソードがある。（両者は年齢的にも大差がなく、当時芥川は三十五歳、伯海は三十三歳であった。）—清岡卓行は

阿藤先生のそうした端正な風貌は、幼いときから自然に形づくられてきたのではないかと想像される（『詩礼伝家』）

とも述べている。

矢掛中学校では同学年に**小野定爾**《さだじ》、一学年下に**渡辺武次郎**（三菱地所株式

会社会長)、**片岡銀造**(画家・日展審査員)などの著名人いた。中でも**小野定爾**(明治二十八・三・十〜昭和二十六・一・二十)とは共に剣道の稽古に精励し、その腕前は矢掛中学校の双壁と称えられ、対外試合には常連として出場、健闘していた。特に毎年遥照山頂で開かれる金光中学校(明治二十七年創立)との恒例の親善試合では、二人は最も強い相手としてその名が知られていたという。また両者は勉学面でも常に首席を争い、切磋琢磨し合い、いわゆる「莫逆之友」であり生涯を通しての知音であった。

矢掛中学校を卒業後、伯海は第一高等学校文科乙類へ進学する(後述)が、**小野定爾**は早稲田大学高等師範部へ進学して国語漢文学を専攻。卒業後は福岡県立田川中学校、三重県立宇治山田中学校、岡山県立矢掛中学校等に奉職。昭和二十六年五十五歳で没した篤学の士であり、矢掛町きっての知識人であった。

三　第一高等学校時代

大正二年（一九一三）、十九歳で矢掛中学校を卒業した伯海は、四年間静養した後、大正六年（一九一七）第一高等学校文科乙類に入学する。この年入学の同級生には**川端康成**（ノーベル文学賞受賞者）、**橋爪健**（詩人・評論家・小説家・『文芸公論』主宰）、**守随《しゅずい》憲治**（演劇歌舞研究の第一人者・東京大学教授・実践女子大学学長）らがいた。しかし伯海は病気のため一年休学、大正七年入学の**高山峻**（フランス哲学研究者・岡山大学教授・山陽女子大学副学長）、**片岡良一**「（西鶴研究者・日本近代文学研究の第一人者）、**村山知義**（演出家・戯曲作家・東京芸術座の創設者）、**山本政喜**（英文学者）らと同級になる。一高在学時代の伯海には、このように複数学年にわたる同級生がいる。これについて伯海は「一高で健康上の事情で留年したため、数多くの友人に恵まれた」と周囲の人にもらしていたという。

右の級友のなかでも高山峻とは特に親しく東京帝国大学でも同じ学科を専攻しただけでなく、卒業後も公私にわたって親密な交誼を続けた。いわば肝胆相照《かんたんあいて》らした仲であった。その高山は『阿藤伯海先生追懐』で、一高在学時代の伯海について次のように述懐《じゅっかい》している

君を初めて知ったのは大正七年の春。（中略）一高の破帽に紺絣和服の君は紅顔の美少年というより田園的な素朴さを帯びた印象を与えた。痩せて姿が好くどこかに沈鬱《ちんうつ》な翳《かげ》を秘めていた。都会の浮華《ふか》に育った私は、そのような静かな存在に却《かえ》って牽《ひ》かれるものがあった。君はその前年に入学、病休で留年して私と同級となった。年齢差もあるし、私は君に兄事《けいじ》する約束が最初からあったように思われる。外見から受ける感じとは裏腹に君の感受性は繊細であった。仏蘭西の文化に心酔、舶来の香水を寮に撒《ま》いて室中に香気《こうき》を漂わせ同室の私達を喫驚《きっきょう》させた。薄暮、窓辺に倚って君が口ずさむ詩、

このをとめ、みまかりぬ、みまかりぬ、
恋やみに。

ひとこれを葬りぬ、葬りぬ、あけがたに。

それがポオル・フォオルの詩であること、上田敏の『牧羊神』所収のものであることを私は後に知った。パスカルのパンセしか知らなかった私には驚異であり羨望であった。その君はおそらく大学で仏蘭西文学を専攻するだろうと思ったのに、西洋哲学を選択したのは意外だった。(多少私が誘惑したのも事実である。)

かくして伯海は大正十(一九二一)年、第一高等学校を卒業する。時に二十七歳であった。

四　東京帝国大学時代

伯海は大正十年(一九二一)、東京帝国大学文学部西洋哲学科に入学する。

同大学でも同級であった高山峻は当時の伯海を評して、

「（当時の東京帝大の）哲学科では独逸観念論が全盛で、詩人肌の君は抽象的な理論体系は苦手ならしく、難渋なカントやヘーゲルよりも寧《むし》ろ詩を愛し専《もっぱ》ら浪漫精神の流れを汲《く》んだ。その頃『上田敏訳詩集』の編纂に協力し、見事な成果を挙げたことは忘れてはならない業績である」

と述べている。

その業績について、『上田敏訳詩集』の編纂責任者であった親友 **山内義雄** は次のように述懐している。

どうしたゆかりで阿藤君と知り合いになったかはっきり記憶しないが、上田敏先生に私淑《ししゅく》していた阿藤君だったことから考えて、先生未亡人の紹介状をもって来訪されたのがはじめではなかったかと思う。おそらく大正十年ごろのことでもあったろうか。当時わたしは玄文社出版部長をしていた長谷川巳之吉君にはげまされて、同社から出版のはずの『上田敏訳詩集』の編纂にしたがっていた。わたしからこのことをきいた阿藤君は、すすんで協力を申し出てくれた。そして、折柄《おりから》盛夏のころだったと記憶するが、連日の猛暑を物ともせず上野図書館に通いつづけ、古雑誌を博捜《はくそう》して先生の遺珠《いしゅ》を発見し、それを倦《う》むことなく筆写してはわたしのところにもたらしてくれた。今日行われている『上田敏全訳詩集』のうち「牧羊神以後《ぼくようしん》」におさめられているものの大半は、もっぱら阿藤君の努力なくしては得られなかったものと言っていいだろう。「牛込《うしごめ》御住居の頃毎日のやうにお訪ね致《いたし》候こと追想、拙生《せっせい》も亦《また》当季を懐《なつか》しみ居候」（筆者注＝伯海の山内義雄あて書簡）とあるように、ほとんど毎日のように訪ねてくれた。訪ねてきても、口かずの少ない物静かな阿藤君とは、用談以外べつに話のはずむといったようなこともなかった。それでいて阿藤君は、我が家の来客中での長尻《ちょうじり》だった。主客《しゅかく》べつに語りあうこともなしに二・三時間、ときには四・五時間も対坐《たいざ》をつづけた。それでいて、主客ふしぎに退屈しなかった。

わたしは迂闊《うかつ》にも、あのころの阿藤君の静かな友情が、この世にあっていかに得がたいものであるかをしみじみ思い知らされている。

（『阿藤伯海追懐《ついかい》』所収「立派な手紙」）

この『上田敏訳詩集』は大正十一年十二月に玄文社から刊行されているが、その跋文には「この詩集の編纂は、**山内義雄・阿藤伯海**二人主として当り、**與謝野寛・竹友澡**が之を補助した」と記されている。

さらには、『上田敏全訳詩集』が昭和三十七年十月、岩波文庫ワイド版として出版された際には、その後記で、山内義雄は矢野峰人と連名で次のように記している。

かつて『上田敏訳詩集』編纂の際、阿藤伯海氏のしめされた尽力にはなみなみならぬものがあった。氏は、直接先生を識《し》ることがなかったにもかかわらず、先生の著作にたいする深い尊敬と愛情から、先生の遺珠の調査にきわめて貴重な努力を致された。『海潮音拾遺《しゅうい》』『牧羊神拾遺』のごとき、氏の協力なくしては今日の完きは期し得られなかったことだろう。今『上田敏全訳詩集』の完成にあたり、氏にたいし、心からの感謝をささげたい。

ここで一つのエピソード。―フランス近代の高踏派・象徴派の詩を見事に日本語に移植し、日本の近代詩に一つの方向を与えた**上田敏**。その**上田敏**をこよなく敬愛し、作品にも深い尊崇の念をいだいて詩集の編纂に献身的な情熱を傾けていた伯海は、ひそかに上田敏の令嬢に好意を寄せていた可能性が強いという。もし伯海にいま少しの積極性があったなら、あるいは周囲の人たちの適切な配慮や助力が寄せられていたなら、両者は結ばれていたにちがいあるまいと推測する人がいる。さらには、結実しない恋のために、伯海は悩み苦しみながらも、よく隠忍自重《いんにんじちょう》したと、同情と称賛を寄せる人もいる。

—例えば清岡卓行は次のように述懐している。

たぶん生涯を通じて童貞であったと思われる阿藤先生の若い日に、女性の影がなかったわけではないようだ。先生は高校生の頃から長いあいだ上田敏に私淑したが、その御嬢さんと結ばれる可能性がかなりあったのではないかと、先生の昔の雑談のなかのふとした言葉を今寄せ集めて考えるとき、そんなふうに想像される。そして、結婚が実現しなかった大きな理由は、先生の遠慮深さというか気の弱さにあったのではないかと想像される。その頃上田敏はすでに亡く、彼が阿藤先生の人柄と才能を見ぬいてこの青年を娘に勧めるということはありえなかった。

さらに**清岡卓行**は、次に掲げる**高山峻**の追懐文（「諦観と反時代性」）の一節を紹介し、

「ここからは、阿藤先生の若い日のある時期における、愛の悩みを宿した寂しい横顔が浮かびあがってこないだろうか。それはやはり自己に厳格な印象をあたえよう」と述懐している。（『詩礼伝家』所収「千年も遅く」）

―その頃（筆者注＝東京帝国大学在学時代）、或るアクシダン（ともいえぬかも知れぬが）によって、君（筆者注＝伯海）の心にひそかな傷痕《しょうこん》と陰翳《いんうつ》が刻まれたかのように見える。君は詩人的な直観と純情でその事態を甘受しそれを隠忍した。諦観にも似たそのような心境はその後年久しく続き、おそらく晩年にまで尾を引いていたことであろう。

閑話休題。**上田敏**（明治七年十月三十日生まれ）は京都帝国大学教授として在職中の大正五年七月十日、四十三歳の若さで急逝（尿毒症との由）している。したがって二十歳年少の伯海は、**上田敏**とは全く面識はない。しかし、

その偉大な業績――『海潮音』『牧羊神』などの訳詩集を通して、わが国に近代西欧詩の真諦《しんたい》を移入し、日本の「新体詩」を一躍「近体詩」にまで発展させた輝かしい功績―に感服するとともに、その人柄をもこよなく仰慕《ぎょうぼ》する伯海は、東京谷中五重塔下にある上田敏の塋《はか》に詣で、次のような五律を作ってひたすら追慕の情を吐露している。

謁柳邨博士墓
夕日餘暉在
公孫樹畔明
依稀五層塔
寂漠一基塋
大雅淩三島
文章壓両京
十年私淑意
遺恨不聞聲

柳邨博士の墓に謁す
夕日余暉在りて
公孫樹の畔は明るし
依稀たる五層の塔
寂漠たる一基の塋
大雅は三島を淩ぎ
文章は両京を圧す
十年私淑の意
遺恨なり声を聞かず

この詩について**清岡卓行**は次のように解説している。

柳邨（柳村）とは上田敏の号である。同博士に十年も深く私淑しながら、その実物に接する機会がなかったことの残念さが、すでに死んでいるその人の墓場を訪れたときの夕ぐれのまだ明るく寂しい情景に、物悲しく溶けあっていよう。しかし、ここで興味深いことは、十年という時間の限定が、その後における私淑の弱まりというかその積極性の一応の終わりをどうやら暗示しているらしいということだ。そして、この作品が、その後において新しく取組むことになった漢詩による表現の一つの具体的な試みにほかならないということである。

このように見てくると、この五言律詩は上田敏への懐旧的な思慕であると同時に、自分がかつて夢みそしていくらか試みた日本語による詩の創作への別離の痛みを、少なくとも無意識的には含んでいるということにならないだろうか。

（『詩礼伝家』所収「金雀花の蔭に」）

つまり清岡は、この詩こそは「上田敏への懐旧的思慕」の情を詠んだだけでなく、「自分がこれまで試みてきた日本語による詩への別離の痛み」をも内包しているのではないか、―換言すれば、伯海における漢詩の嚆矢《こうし》的作品ではないか、と推察しているのである。

ところで、東大在学時代を含め、若き日の伯海が日本語による詩を作っていたことはほとんど知られていない。ところが**清岡卓行**によると、伯海の詩作活動は実は日本語詩の制作から出発しているのである。しかもそれは格調高い高雅な象徴詩ふうの意欲作なのである。

清岡卓行は、埋もれていた恩師伯海のこうした日本語詩を発掘した経緯と感懐を次のようにつづっている。

ある日、阿藤先生の詩の秘密を私は偶然のことから発見したのである。先生は自分から決して語ろうとしなかったが、以前には日本語の詩を書いていたのだ。

秋の天気のよい夕方、私が寮の夕食後、渋谷の宮益坂に何軒か並んでいる古本屋を眺めながら散歩をしていたときのことである。ある店の棚に、春陽堂版の『明治大正昭和文学全集』の『詩篇』の巻を見つけた私は、それを手に取ってぱらぱらとめくっていた。すると、巻の終わりの方にある新人の部のところに、三好達治や中野重治や村野四郎などと並んで、なんと、阿藤伯海の名前が見えるではないか。私ははっと驚き、なるほどこれでわかったと思った。

　そこに載っていた阿藤先生の詩は、「哀薔薇」と題するおよそ八十行の詩で、「林壑久已蕪石道生薔薇」（林壑《リンガク》ハ久《ヒサ》シク已《スデ》ニ蕪《ア》レ。石道《セキダウ》ハ薔薇《ショウビ》ヲ生《シャウ》ズ。）という、漢詩の一部と思われるエピグラフをもっていた。（後年私はこの二句が李白の五言十四句から成る古体詩「王山人《アウサンジン》ノ布山《フザン》ニ帰《カエ》ルニ贈別《ゾウベツ》ス」の中のものであることを知った）また、詩が終わったあとに短い付記があり、そこには、「幻想の詩人ノヴァーリスが青き花尋《と》めしそのかみの嗟歎《さたん》をこの小詩に托しぬ。かのブレイクが愁薔薇の象徴を摸したるに非ず、将《また》、グウールモンが薔薇賦の頌聲《しょうせい》に倣《なら》ひたるに非ず」と書かれていた。

　私はしばらく立読みしてその古本を買い、宮益坂を登りつめてから回れ右をして寮に戻った。寮の自習室は騒がしいこともあるので、学校の構内にあって午後八時まで開いている図書館に行き、阿藤先生の詩をもう一度ゆっくり読むことにした。（中略）

「哀薔薇」は文語による高い格調を示し、迫らずに、いわば夢のなかの野趣において、薔薇の花のいとおしい美しさをくりひろげていた。

次に、この「哀薔薇」の冒頭の一部と、この部分に対する清岡卓行の評を掲げる。

　夢に薔薇《さうび》の癉《や》めるをみたり。

鳥去りて東林《とうりん》白く
澗《たに》の底、仄《ほの》かに明けゆけど
夜々の狭霧に、薔薇は癉みぬ。

木立草立繇《しげ》れる阿丘《おか》に
幽かなる徑《みち》、
徑《みち》盡きて壑《たに》に嘿《もだ》せり。
壑の八十阪《やそぐま》逗《も》る光、
風回《めぐ》りて紓《ゆるや》かに

黝《くろ》く搖げる林の景《かげ》。
藻草は舞ひて
淪漪《さざなみ》に文《あや》を成せど、
澗の水面《みなも》に、飛ぶ
青岩魚《あおいわな》も見えず。
唯《ただ》聞くは遠ぎ斧の音《ね》
その韻《ひびき》、丁丁《たうたう》
古曲の如く
壑を度《わた》りて長く搖蕩《たゆた》ふ。

曦《ひ》も暹《のぼ》りて
熒《かがや》くは、叢葉《むろは》草びら、
巖陰の黄薔薇《くわうさうび》
夢に匂へど、力なく
靭《なよ》かに顫《ふる》ふ葩《はなびら》に
蒼き吐息《といき》を瀉《もら》したり。

この夢の舞台は幽邃《ゆうすい》という感じがするほど静まりかえった林や谷で、時間は夜明けから始まっている。今引用した部分の終わりでは、すでに太陽がかなり高く昇った午前へと移っているが、このあと山鳥が高く鳴くと真昼へ、嵐《あらし》の気配をふくむ夕方へ、さらに月が青く蛾が舞う夜へというふうに時間は経過する。夢のなかの時間が朝、昼、晩という順序で移って行くのは、睡眠における夢の生理の実態から言えば整然としすぎているということになるが、この詩における夢とはむしろ白日夢《はくじつむ》であり、詩人のある悩ましい憧憬の非現実的で芸術的な構成であるということになろう。

この夢の風景にかかわる第三者的な人事ももちろん微妙に演出的で、それは「丁丁《たうたう》」とひびく「遠き斧の音」だけであり、やがて夕暮れがくるとそれも消えて行く。そのあとで詩人の魂が夾雑物《きょうざつぶつ》なしに、充分孤独に、病んでいる黄色い薔薇の花と向き合わなければならないからである。

さらに**清岡卓行**は、季刊文芸雑誌『文科』第二輯（昭和六年十二月、春陽堂刊）にも伯海の「南海」と題する日本語詩があるとして紹介し、後述のように批評している。

南海

南海の海邊《かいへん》、
辠《つみ》悔ゆる山羊
ひもすがら、
定めなく彷徨《さすら》ふ。

佛子柑の疎林
枝虚空を蔽《おほ》ひ、
果《み》も渚に揺げど
迥かなる濤、
白き鷗の影を覩ず、

曦《ひ》は穹《そら》に
眺むる海は
碧《みどり》に耀《かがや》ふ。

巖蔭に
蜥蜴も眠る昳《ひるさがり》、
滄溟《わだつみ》の神の
吹く笛か、遠方《をちかた》に
灰けきしらべ。
その調、半《なかば》波間に入り、
半、雲に入れど。

南國の海邊、
彷徨へる山羊は
ゆく笛に耳傾けず、
海の韻《ひびき》を逌《お》ふ。
劫初の辜《つみ》か

移世の輪廻の業か、
角うせし山羊
頸《うなじ》垂れ、嘿《もだし》つつ孤《ひとり》、
盡日《ひもすがら》定めなく
渚に迷ふ。

天青し風白し、
渚のかなた
漂ふは遠き笛の音《ね》
その韻《ひびき》、疎林に靡き、
翠なす嶋を還りて、
なほ斷えがてに
潮騒の聲にまじらふ。

昭和六年に発表された詩としてはずいぶん保守的であるが、当時に珍しい、高い格調といっていいだろう。私の鑑賞眼において率直にいえば『哀薔薇』のほうが優れており、この『南海』は阿藤先生の詩の傑作とはなしがたいように思われるが、それでも、詩の背後で絡みあっている観念のかたちが実に澄明である。しかも、山羊、海、空、雲、風、蜥蜴《とかげ》、笛の音、林、島、潮騒など、個々の視覚的、触覚的、あるいは聴覚的イメージの相互のかかわりはきわめて柔軟で、あるふっくらとした全体を醸しだそうとしている。いわば観念と感覚のあいだの一種の不協和を含んだ緊張、そうしたものに私はフランスの高踏派と象徴派の時ならぬ二つながらの影響を見たいのである。

（『詩礼伝家』所収「金雀花の蔭に」）

以上述べてきたように、東京帝大在学時代の伯海は、上田敏にいたく私淑し、その訳詩集編纂に積極的に助力するとともに、近代西欧の高踏派や象徴派の詩人の感化を受けながらもっぱら日本語による詩の制作に力を注いでいたのである。そして「ノヴァーリスの悲嘆と慟哭」を卒業論文として、大正十三年（一九二四）、東京帝大を畢業する。時に伯海三十歳であった。

清岡卓行は

「伯海先生は日本における最後のすぐれた漢詩人かもしれない」

（『詩礼伝家』「千年も遠く」）

と繰り返し絶賛し、さらには

「阿藤先生の漢詩には、日本人の漢詩にときどき見られる造花のような手ざわりがなく、まことにみずみずしいなにか、―生れつきの詩人であることを暗示して、作品の底から新しく湧いてくる泉のようなものが感じられた」

（『詩礼伝家』「千年も遠く」）

と評している。そうした「みずみずしさ」は、東京帝大時代に上田敏を敬慕し、その訳詩集編集作業を通して近代西欧の高踏派の荘麗体や象徴派の幽婉体に親しんできたことに起因していることは明らかである。

教職時代
―その人と文学―

阿藤伯海

一　法政大学教授時代

大正十五年、京都帝大大学院で支那学を修めた阿藤伯海は法政大学に漢文学の講師（のち教授）として迎えられる。時に三十二歳であった。

法政大学に職を得たことについて、一高・東大で同期であった親友高山峻は次のように述べている。

法政大学教授として東京に戻った君は漢文の講座を担当した。西洋哲学から漢文学への転向は一見意外にも見える。しかし君の本質を貫くものが常に、限りなき高貴への魂、永遠の美への憧憬であることに変りはなかった。諦観に近い清澄な態度で君が追求するものは、常に詩であり真実であった。君は漢詩を愛し詩作に没頭する。東洋的な文化遺産の内にこそ相応しい拠り所を君は見つけ出したのである。（『阿藤伯海追懐』所収「諦観と反時代性」）

折しも法政大学には岡山県出身の内田百閒（一八八九〜一九七一）がドイツ語担当の教授として奉職していた。百閒は伯海よりも五歳年長で、岡山中学校、第六高等学校を経て、東京帝国大学（独文科）を卒業。陸軍士官学校、陸軍砲工学校、海軍機関学校で教鞭を執り（ドイツ語）、その後法政大学に転じた。（昭和九年四十五歳で同大学を辞し、本格的な文筆活動に従事する。）

この百閒は初めて奉職した陸軍士官学校で、主任から「本校教官の制服はフロックコートが原則でありますが、平常はモーニングコート、或は地味な色であるならば背広服を着られても大目に見ます。しかし帽子、ネクタイ等万事そのお心掛けを以て、不体裁にわたりませぬように。」と厳重に言い渡されたとの由。これが契機となって、百閒は出勤するときは「山高帽子にフロックコート」という服装が習慣化してしまったという。法政大学でもこうした服装で出勤したことは言うまでもない。

一方、伯海は「羽織、袴に白足袋」という古雅で端正な姿で教壇に立っていた。両者は同郷の出身者ということもあってことのほか意気投合。あえて互いの服装で散策したり、銀座の料亭などへ飲みに出かけたため、珍しい衣装の取り合わせに注目を浴び、巷の話題にもなったという。

ついでながら、**内田百閒**は世に知れた愛飲家であり美食家。さらには最高の趣味は「借金」をすることであったという。タクシーを借り切ったり、二等列車（当時は三等車が普通）で東京から大阪まで「借金」に出かけたりしたというエピソードも残っている。したがって借金取りから逃《のが》れる方策にも腐心。その一つが自宅の門札を取り外しておくこと。—ある年帰省した伯海は岡山名産の「鯛の浜焼き」を鉄道便で百閒あてに発送し、上京して法政大学内で顔を合せるが鯛はまだ届かないと言う。伯海が省線（現ＪＲ）の駅に問い合わせたところ、宛名の番地の家の表札がないので持ち帰ったとの由。百閒は例によって借金取りへの対策として表札を取り外していたのだ。数日経って受け取った百閒は、「いや旨かった。腐っても鯛というからね。」としゃれた礼を言ったという。

伯海の法政大学在職時代、ことのほか伯海に親炙《しんしゃ》した学生がいる。

斎藤磯雄（一九一二〜八五）である。斎藤は昭和九年同大学仏文科を卒業、明治大学講師（のち教授）となり育英と研究に精励した篤学の士である。十世紀フランス文学、とくに高踏派・象徴派の研究・翻訳に大きな成果をあげた。わけてもボードレールの研究・評釈・翻訳においてわが国での第一人者と目される人である。しかも漢詩にも造詣が深かったため、漢詩の同人誌等を通じても伯海と師弟の絆を強めていった。そして大学卒業後も伯海の指導を受け、生涯にわたって親交を深めていったのである。ちなみに、斎藤は生涯に二百数十通の書簡と数多くの漢詩を伯海先生から賜わり、それを宝物のように座右に保管していると「先師追懐」で述懐している。（このことについては別項「四　臥龍庵を訪れた鷗盟たち」阿藤伯海と師友の親交において詳述する。）

いま一つ、伯海の法政大学奉職時代のエピソード。―清岡卓行（一高時代の教え子）はその著『詩礼伝家』で次のように述べている。

法政大学の学年末試験のとき、阿藤先生の出した問題にはなにも答えず、大きく奇麗《きれい》な文字で、「先生は、中国婦人の瞳には中国三千年の文化の光が宿っている、とおっしゃいました」としか書いてない答案があったが、先生は思いきってそれに百点満点をつけたと嬉しそうに語ったこともあった。先生の古い中国文化への憧れは、傍らから眺めてやや異常であった。そして、ある友人から、「きみは北京へ行ったら、夕日を浴びた馬糞《ばふん》でもおいしくいただくんではないかね」とからかわれたことがあると笑い、その憧れのやや異常な点を自認していた。そのような先生が、中国との間の長い戦争を心のなかでどう思っているかは想像に難くなかった。

二　第一高等学校教授時代

法政大学を去った伯海は、一時期明治大学で教鞭を執ったが、昭和十六年、第一高等学校に教授として迎えられ、「漢文」と「作文」の講座を担当する。それは同校の生徒主事であった佐藤得二の慫慂《しょうよう》によるという。佐藤得二（一八九九～一九七〇）は一高で伯海と同期生という間柄であった。

ついでに紹介すると**佐藤得二**は東京帝国大学に進んで東洋哲学を専攻。京城帝国大学予科教授・文部省視学官などを歴任して一高教授となる。晩年は小説も書き、「女のいくさ」で直木賞を受賞する。

さて、**清岡卓行**（昭和十六年入学）は一高で伯海と初対面したときの印象と授業の様子、試験の仕方、さらには伯海の担当した「漢文」と「作文」の授業にはことのほか熱心に取り組んだことなどを次のように回顧している。

阿藤伯海先生の姿を私が初めて眺めたのは昭和十六年四月である。それは私が第一高等学校の文科丙類に入学したばかりのときのことで、漢文の授業の時間に珍しい羽織袴《はおりはかま》に白足袋《しろたび》のかなり背が高く痩身《そうしん》の先生が現われ、思わず眼を見はったものであった。年齢は四十代半ばぐらいで、全体になんとなく高雅《こうが》な様子があった。その風貌《ふうぼう》は一口でいうと、芥川龍之介をやや温雅《おんが》に枯れさせたような感じであった。「河童」の作者の実物を私は見たことがなく、写真でしか知らなかったが、鶴にたとえられたように寂しく、鋭く、やや病的で、繊細《せんさい》なその印象を、もう少し艶《つや》を消して渋くし、また温和《おんわ》ななにかを付け加えるならば、ほぼそのまま阿藤先生の印象になるだろうと思われた。（中略）

阿藤先生は教室で人気があった。私たち生徒の年齢はほぼ十六歳から十九歳までであった。自分の学問の知識が貧弱であっても、そうした年頃の少年は、ある本能的な鋭さをもって、教師の学力、学問への情熱、あるいは人間としての資質などを、かなりの正確さをもって直観するのではないか。私たち生徒が阿藤先生に感じていたものは、たぶん一人の高雅で詩的な人物である。漢文の授業に用いられた教科書は『論語』であったが、ときどきはまるで詩の講読を聞いているようであった。

「子、川ノ上《ホトリ》ニ在《イ》マシテ曰《ノタマ》ワク、逝《ユ》ク者ハ斯《カ》クノ如キカ、昼夜ヲ舎《ス》テズ」とか、「子曰《ノタマ》ワク、朝《アシタ》ニ道アルコトヲ聞カバ、夕《ユウベ》ニ死ストモ可ナリ」とか、そういった印象的な個所を読みくだす、先生の微妙な調子の声を耳にしていると、字義の説明は聞かなくても、それでなんとなく肝心のところはわかったという感じをかなりの生徒がもったのではないか。

気に入った章の読みくだしを終えると、しばらく間をおいて、頭をまっすぐにすると同時に、額《ひたい》にかぶさっていた髪を右手で掻《か》きあげ、「いいですなあ」と呟《つぶや》くことがあった。そんなとき、先生はその後の沈黙を通じてこそ、生徒に語りかけようとしている感じであった。（中略）先生の「いいですなあ」には、しみじみとした実生活の願望もこめられているようであった。そこでおおらかに肯定されている仕事や利害などを離れた生きることの楽しさ、それは先生が求めている幸福の一つとまったく同じものであるように感じられた。（中略）

漢文の試験の問題がまた授業における講義と同じように、さかしらの注釈をことさらには求めないものであった。試験範囲をすべて原文で書けるように暗記して行けばそれでよく、範囲のなかから二章ぐらいが出題された。どこに句点を打つかが正確には覚えにくかったが、この章には句点が合計でいくつというふうな狡《ずる》い計算もして、私などは試験勉強をしたものであった。（中略）

私は夜が遅く朝寝坊であったので、授業によく遅刻したり欠席したりする怠惰《たいだ》な学生であった。大学に行けば仏文科に進もうと思っていたが、フランス語の時間にもそれほど精勤《せいきん》ではなかった。しかし漢文の授業は一時間も休まなかった。阿藤先生は作文も担当していたので、その宿題はいつも一所懸命に書いた。その原稿用紙はいつも朱筆《しゅひつ》で批評が書かれて返ってきた。その批評の言葉を読むのが私は楽しみであった。私にあたえられた評点は、自慢のようであるがいつも「優」であった。

（『詩礼伝家』所収「千年も遅く」）

また、**清岡卓行**は、伯海の人柄について、「**仁**のようなものを感じることができたし、**礼**のようなものを覚えることができ、しかもそれらが世の中にぴたりと調和したものであるように思われた。」と述べ、そうしたものに生徒たちは深く惹《ひ》きつけられた、と語っている。そして、「自分は封建という言葉があまり好きではないが、戦時中に阿藤先生が口にしてた封建という言葉には一種の美しさを感じた。その理由はその単語に、戦争中の現実をともかくも否定するひびきが込められていたからであろう。」と述べ、それが「戦争への本能的な嫌悪感情に快く沁み込んだ。」と断じている。そして、こうしたことが清岡ら当時の一高学生たちの厭戦感情への共感を誘発し、さらには覇道を排し王道を礼賛する高潔な人物と評される所以《ゆえん》であり、同時に学生たちから傾倒されるようになった大きな一因であると結論づけている。

清岡は伯海のこうした王道趣味を実証する事例として、伯海の一貫した「現実拒否」の姿勢をあげている。たとえば次のようなエピソードも紹介している。

戦争がすでに陰惨な様相を示しはじめていたころ、渋谷の町をいつもの絽《ろ》の羽織袴で歩いていて、自警団かなにかに「そのざまはなんだ」というふうに詰問《きつもん》され、袴をめくると、そのなかの両足にはゲートルが巻かれていた、というエピソード。（中略）そこには皮膚感覚的なまでの戦争への嫌悪がまさしく自虐的に現わされていたということだろう。

（『詩礼伝家』所収「千年も遅く」）

こうした現実拒否の姿勢はとりもなおさず、「東洋ふうの王道への趣味に自分の生活の焦点を合わせること」であり、それは、「趣味というよりもモラルと呼んだ方がいいものであったかもしれない。先に述べたところの、私たち生徒が先生に見いだした『仁』のようなもの、また『礼』のようなものも、そこに含めて感じとられるものであったろう。」と清岡は分析している。さらに清岡は、伯海が日本語詩作りから漢詩作りに転向し、漢詩に没頭するようになった決定的な理由もまた「現実の世相拒否」の姿勢であり、「東洋ふうの王道趣味」に自らの生活の焦点を合せようとした結果にほかならぬ、と道破《どうは》している。

第一高等学校文科丙類（フランス語を第一外国語とするクラス）で**清岡卓行**と同級生であった**三重野康**（一九二四〜二〇一二・第二十六代日本銀行総裁となった人）も、伯海との出会い、その人柄、受けた感化などを次のように述べている。

このトシ（八十五歳）になるまでに、私にとって最も影響を受けた人を選べといわれたら、それは一高時代の恩師**阿藤伯海**先生である。

昭和十六年四月、私は満州の鞍山中学校を卒業して、一高の門をくぐった。綺羅星のごとき教授方、全国の秀才を一堂に集めた一高独特の雰囲気、満州の片田舎の中学から文字通りのお上りさんとして入学したわけであるから、私の受けたカルチャー・ショックは相当なものであった。

その中で、漢文の授業は大変新鮮で親しみ深かった。背が高く痩身の**阿藤伯海先生**が、羽織袴に白足袋という姿で、飄々と教室に現われ、論語を講ぜられた。余計なことは云われず、一節を声を出して読まれる。たとえば、

子曰ワク　朝ニ道アルコトヲ聞カバ　夕ニ死ストモ可ナリ

ちょっと間をおき、ぼさぼさの髪をかき上げて、「いいですなあ」と呟く。私たちはそれで分かったような気になり、論語が経学であると同時に、詩であることを実感した。

「仁」とか「礼」といったものも、先生が説かれると、凡俗な私には奥底まで理解できたとは到底いえないまでも、なんとなく分かったような気がしたから不思議であった。（中略）

そのうちに、鎌倉に在った先生のお宅まで押しかけ、徹宵酒をくみ交わ

すことも屢々であった。これも先生が生涯独身であったから可能であった。

私が曲がりなりにも、芸術、文学への眼が開かれ、それに親しむようになったのは、また漢籍を自分で読むようになったのも、この時の刺激によるところが極めて大であった。

それだけではない。時流に超然とした羽織袴の先生に接するうちに、寛厚な人柄を通じて、戦時にあっても王道を尊び、覇道を排する高い見識、そこからの精神の「本物」「本格」「高貴」、そして「志の高さ」を学んだような気がする。

もちろん凡俗のわが身に、それらのものが身についたとは、とてもいえない。しかし、それを学んだということは、私のその後の半生に大きな影響を与えたことは間違いない。私は阿藤先生の門下生であることを誇りに思い、おこがましくも阿藤の藤をとって「藤門の書生」と称し、今でもそのつもりでいる。（『大簡詩草』所収「阿藤先生との出会い」）

さらに**清岡卓行**や**三重野康**らの述懐によれば、第一学年で伯海の「論語」の授業のすばらしさに魅せられた学生仲間が八人いたという。彼らは伯海に特別に依頼して正規の授業とは別に、毎週一回、放課後、「唐詩選」の講義をしてもらったのである。

三重野康はこの特別講義の醍醐味《だいごみ》を、

「論語でさえ詩を感じさせたが、唐詩はもちろん本物の詩である。先生は唐詩の一つ一つを深い学殖と中国文化へのしみ通るような愛着を以って説かれた。先生の詩の吟じ方は江戸の儒者伝来の吟詠法の由。余韻溺々心にしみた。唐詩の講義もさることながら、講義の途中、話は古今東西の歴史、文学のことから世俗のことまで、放談、漫談、実に楽しい一時であった。満州の片田舎出の私には、当時文学の素養もなく、この時の多面多岐にわたる会話は、目のくらむような新鮮な驚きであった。」(同)

と絶賛している。

清岡卓行によれば、特別講義の場所は、

「たいてい高校の構内にあった同窓会館という建物の畳の間で、(中略)廊下を隔てたガラス戸からはその頃の駒場のまだいくらか閑散として静かな

風景がひろびろと眺められ、戦争している国の首府とはちょっと思えないようなときもあった。」との由。そして隣室で開催されている文芸部などが主催する別の課外イベント（たとえば当時の花形詩人三好達治や人気評論家保田与重郎の講演など）に興味は覚えながらも、それは伯海の「唐詩選」の講義に比べると非常に魅力に乏しいものに感じられたという。伯海の名利ぬきの―「先生の身辺に漂っている一種の清々《すがすが》しい索漠《さくばく》というか、戦中のジャーナリズムからたぶん意識的に離れているところから生じているらしい、喧噪《けんそう》の周囲にたいするある絶縁体のような空気。そのようなものは、今を時めいている文学者たちからはまったく感じることができなかった。これはあたりまえの話だろうが、文学者の生態について二十歳前の私になにかを暗示してくれる対照であった。」

と述懐。

それをいま少し具体的に換言すれば、

「先生における一種の王道趣味、いいかえれば現実における覇道的なものすべてを否定し、必要とあらばどこまでも遠い過去に遡《さかのぼ》って王道的なものの理想を描こうとするふしぎにロマンティックな趣味、そこに自分たち生徒における戦時の現実への嫌悪の気分を無自覚にも投影することがまことに楽しかったということ」

であると述べている。さらに清岡は、

「私は現在『唐詩選』の講読のことをまことに懐かしく思いだすとともに、先生の自由な時間のいくらかと精力のいくらかを取り、しかも謝礼をするなどということは夢にも考えなかった世間知らずの少年の甘ったれた愚かさを、恥ずかしく思いかえさずにはいられない。」

（『詩礼伝家』所収「千年も遅く」「詩礼伝家」）

と回想している。

なお、**清岡卓行**は後年詩人としてもめざましい活躍をする——数多くの斬新な詩集を出し、またこれによって数々の権威ある賞を受ける——が、そうした詩作活動のよってきたるところは、一高時代に伯海から受けた称賛や感化の負うところが極めて大きいと、次のように述べている。

私は一高に入学して二ヶ月ぐらい経った頃であったか、「護国会雑誌」という学校の文芸誌に初めて詩をおそるおそる投稿し、それが運よく掲載されたことがあった。それは「名に寄す」という題の、数か月前に書いた処女作のような抒情詩で、後日少しばかり加筆して題を「ある名前に」と改めた。この詩を、阿藤先生が漢文の授業にまったく思いがけなくも取りあげ、賞《ほ》めてくれるということが起こったのである。先生は私にどのような詩を読んでいるかと尋ねたり、私の詩が「名に寄す」という題であったせいか、私の名前はいい名前だと言って、教室の黒板に「卓」の古い字形はこうだと書いてくれたりした。詩を書くことを生きがいのように感じている人間にとって、とにかくも公の場所で詩をはじめて賞《ほ》められることがどんなに嬉しいものか、それは経験しないとわからないだろう。

私は級友のだれかとときたま阿藤先生を鎌倉の六法井の家に訪ねるようになってから、先生がじつは珍しい漢詩人であることを知った。その書院造の家の広い客間でみごとな書による詩稿をいろいろ見せてもらったが、漢文が読めない私もなんとか理解した範囲において、ということは詩のモチーフのありどころを求め、一篇に一句ぐらいは私の胸を打つ部分があるのを察知することができて、その魅力にうっとりした。技法の上でいえば、それらの作品はいわばパルナッシアンふうの高邁《こうまい》さとサンボリストふうの繊細な抒情が、漢詩というふしぎな場所で独得に溶けあっているすっきりとした逸品であるように見えた。（『詩礼伝家』所収「千年も遅く」）

ところで、この『唐詩選』の特別講義を受けた学生は、**青山行雄・清岡卓行・小池暎一・高木友之助・村上博之・三重野康・牟田口義郎・山本阿母里**の八人である。これが、いわゆる「藤門の八書生」であり、第一高校在職中（三年間）の伯海にとって最も親しい教え子たちであろうといわれている。右のうち、高木は東大中国哲学科へ、清岡と牟田口は東大仏文科へ進み、あとの五人はいずれも東大法学部へ進学している。また、八人のうち四人―清岡（大連一中）、小池（光州中）、村上（新義州中）三重野（鞍山中）が外地の中学から一高に入学している。ついでに、右八人のその後の足どりや活躍ぶりなどを記しておきたい。

青山行雄（一九二一～二〇〇二）は、昭和二十三年（一九四八）東京大学

法学部政治学科を卒業。総理府事務官を経て昭和二十四年読売新聞社へ入社し、政治部推進本部長となる。同五十一年読売テレビ放送取締役、副社長、社長、会長、名誉会長等を歴任。この間テレビ岩手取締役相談役、日本室内楽振興財団理事長をも務める。著書に『中国古典で日本を斬る』（日新報道社刊）がある。実弟**青山春雄**は元広島県議。同青山五郎は青山商事社長。

清岡卓行（一九二二～二〇〇六）は、昭和二十六年（一九五一）東京大学文学部仏文科卒業。昭和二十四年在学のまま日本野球連盟に就職、セントラル・リーグ事務局でペナント・レースの試合日程編成業務に従事。昭和三十九年法政大学講師（のち教授）となってフランス語を担当する。昭和二十年代末から旺盛な詩作活動を始め、「氷った焔」「日常」「四季のスケッチ」「西へ」「円き広場」（第三十九回・昭和六十三年度芸術選奨文部大臣賞）「ふしぎな鏡の店」（第四十一回・平成二年読売文学賞詩歌俳句賞）「パリの五月に」（第七回・平成四年詩歌文学館賞）「通り過ぎる女たち」（第三十四回・平成八年藤村記念歴程賞）などの詩集を出し、昭和六十年には『清岡卓行全詩集』（思潮社刊）も刊行。この間、「芸術的な握手」は第三十回・昭和五十三読売文学賞随筆紀行賞を受賞。また昭和四十年代から小説にも手を染め、「朝の悲しみ」「アカシアの大連」（第六十二回・昭和四十四年芥川賞）「フルートとオーボェ」「海の瞳」「クジラもいる秋の空」「李杜の国で」「大連港で」「マロニエの花が言った」（第五十二回・平成十一年野間文学賞）などを発表。ほかに評伝『詩礼伝家』評論「手の変幻」「抒情の前線」「萩原朔太郎『猫町』試論」がある。平成七年には「詩・小説・評論にわたる作家としての業績」として平成六年度日本芸術院賞を受賞、同八年日本芸術院会員となる。平成十年勲三等瑞宝章受章。

小池瑛一（生没年不明）は東京大学法学部政治学科を卒業、三菱化成株式会社に入社。のち三菱化成の系列会社の社長に就任。

高木友之助（一九二三〜二〇〇〇）は、昭和二十四年（一九四九）東京大学文学部中国哲学科を卒業、同二十六年（一九五一）同大学大学院文学研究

科修士課程を修了して東京大学文学部助手となる。昭和二十九年（一九五四）中央大学文学部講師に就任、助教授、教授、文学部長、評議員、理事などを経て、平成二年（一九九〇）同大学学長、のち総長となり平成八年（一九九六）年定年退職。著書に『中国の哲学』（明徳出版社刊）『説苑』（同）、『漢書列伝』（同）などがある。ちなみに、友之助の父は両国で大相撲立浪部屋を興した立浪弥右衛門親方（富山県出身）で、力士時代の名前は緑嶌友之助（関脇）である。ここからは双葉山（横綱）、羽黒山（同）、名寄岩（大関）、旭川、大八州などの名力士が輩出している。なお伯海没後、その詩稿を整理、編集して『大簡詩草』（私家版）を刊行している。

村上博之（生年不明〜一九七九）は、昭和二十二年（一九四七）東京大学法学部政治学科を卒業。帝人に入社するが、数年後、家業を継ぐため大分県佐伯に帰郷。二平合板社長となる。一高、東大を通しての学友**三重野康**をして「…それでもやはり淋しいらしく、クラス会には必ず大分の麦焼酎

「吉四六《きっちょむ》」を抱えて上京した。ウソや偽物が大嫌いな好漢であったが、昭和五十四年、藤門の書生の中では一番早く亡くなった。全く『良い奴』から早く逝く。」と嘆かしめている。また、藤門の書生の中では最も数多く恩師の伯海邸を訪ねているという。

三重野康（一九二四〜二〇一二）は、昭和二十二年（一九四七）。東京大学法学部政治学科を卒業（在学中の戦時中は四街道の陸軍野戦砲兵学校で学徒兵として訓練を受ける）。同年日本銀行に入行し、松本支店長、総務部長、営業局長、理事、副総裁などを歴任して、平成元年第二十六代総裁となる。平成三年横綱審議委員会委員、平成六年国際決済銀行理事も兼務。同年十二月日銀総裁を退任、平成七年から杏林大学客員教授として経済政策論の講座を担当。また中国金融学会特別顧問も務める。平成七年マネー・マーケティアーズ功績賞（米国）を受賞、平成九年には中国鞍山市名誉市民となるなど国際的著名人。実弟三重野典は元農林中央金庫専務理事。著書に『日本経済と中央銀行』（東洋経済新報社）『赤い夕陽のあとに』（新潮社）『利を見て義を思う』（中央公論社）などがある。なお伯海没後、高木友之助が編集した『大簡詩草』の復刻刊行（平成二十二年吉備路文学館）に際しては序文を執筆している。

ちなみに、一高在学中の**三重野康**はあらゆる面で優等生であったという。学友**清岡卓行**によると、

「軍事教練で学年の生徒全体を統率する大隊長かなにかをやらされても、明朗で機敏な性格とボートレースの選手にもなった優れた体力でそうした任に軽く耐えた。彼はまた一高自治寮全体の委員長に選挙されるような人望と手腕があった。その委員長という位置は政治的な立場のちがいなどを除けば、戦後の全学連委員長という位置にも似た花やかなもので、寮のなかのいわば政治青年たちのたいていが密かに野心の的としていた役柄である。（中略）彼の胸の底にもまた、戦争や全体主義の政治にたいする反感はごく自然にそっと流れていたのである。ただ、彼はいろいろな意味で優等生

であったから、私の場合に比較すれば、その反感の度合いや、それを心のなかでどのように処理するかというやりかたはかなり異なっていた。彼は難局をいつも微笑しながら切りぬけて行くような、そんな才覚の雰囲気をもっていた。」（「千年も遅く」）

という。

余談であるが、この**三重野康**と最も親しかったのは**高木友之助**である。家族（三重野の父は満鉄社員で、一家は大連、鞍山、長春、奉天、渓湖、安東などに転在）から離れ、はるばる内地に来ていた三重野は高木宅で家族同然の扱いを受け、特に終戦時から翌年末までの一年四か月の間は高木宅に滞在、立浪部屋の力士たちと寝食を共にしていたという。後年三重野が横綱審議委員会委員となったのはこのような機縁による。

牟田口義郎（一九二三〜二〇一一）は、昭和二十三年（一九四八）東京大学仏文科を卒業。同年朝日新聞社に入社し、カイロ支局長、ヨーロッパ支局長、パリ支局長などを歴任。帰国後論説委員となり国際問題を担当。昭和五十七年退任、成蹊大学教授を経て平成三年東洋英和女学院教授となる。中東問題に精通し、地中海学会会長、中東調査会常務理事、中東報道者の会会長なども兼務。著書に『中東への視角』（朝日新聞社）『アラブの覚醒』（講談社）『石油に浮かぶ国―クウェートの歴史と現実』（中公新書）『石油戦略と暗殺の政治学』（新潮社）などがある。また昭和十年代半ばから詩人としても活躍、「詩学」「ポエトロア」「植物帯」などの詩誌に作品を発表している。

山本阿母里（一九二三～二〇〇二）は、東京大学法学部政治学科を卒業後、法律専門の雑誌「ジュリスト」の編集長を経て、有斐閣の常務取締役、その子会社の社長などを務める。美術史家若桑みどり氏の実兄。

ところで、この八人の書生たちは伯海から『唐詩選』の特別講義を受けて啓発されただけでなく、随所で交流と親睦を深め、人間的にも大きく成長して生涯にわたる絆を深めていった。**清岡卓行**によると、

『唐詩選』の集まりのあとで、あるいは昼休みに偶然校庭でぶつかったとき

など、阿藤先生は私たち仲間を喫茶店やお汁粉屋《しるこや》、おでん屋などに連れて行くことがあった。そこでは、授業からも『唐詩選』からも離れた皆の思い思いの話が面白かった。私はそうした場所で唐突に、『先生、高度な観念をいとなもうとして生活している人間でも、奇麗な女を見たら心が乱れるのはどうしてでしょうか』と、恥ずかしげもなく尋ねたりしたものである。

（「千年も遅く」）

という。

あるいは学生たちが先生を招待して料亭などに出かけ、一献かたむけながら夜を徹して文学を語り、人生を論じ、時世を評することもあったという。

たとえば**三重野康**は、「昭和十八年二月《ママ》、私共門下生は先生を上野の池之端の料亭にお招きして、ささやかな宴をもった。」と語り（平成二十年四月十九日の吉備路文学館における「阿藤伯海の文学と藤門の書生たち」と題する特別講演会）、その時伯海が作ったという次の五律を紹介している。

癸未正月二日向陵諸生招宴西湖樓上有感
賦眎諸生

癸未正月二日、向陵の諸生西湖樓上に招宴、感有り賦して諸生に眎す

蒼茫天欲暮
水色淡如秋
疎柳西湖岸
孤霞東叡樓
蘭釭照華髪
雛鳳入青眸
好盡一尊酒
同銷千古愁

蒼茫として天暮れんと欲す
水色淡くして秋の如し
疎柳　西湖の岸
孤霞《こか》　東叡《とうえい》の樓
蘭釭《らんこう》　華髪《かはつ》を照らし
雛鳳《すうほう》　青眸《せいぼう》に入る
好んで尽くせ　一尊の酒
同《とも》に銷《け》さん　千古の愁ひを

・癸未＝みずのとひつじ。昭和十八年。　・西湖＝不忍の池。
・蒼茫＝空・海などが青く広いさま。　・華髪＝白髪。
・東叡＝寛永寺。　・蘭釭＝蘭灯《らんたん》。料亭の灯。　・青眸＝黒いひとみ。
・雛鳳＝おおとりのひな。将来有望な若者。

青々とした広大な空のもと、日は暮れようとしているが、水の色は淡く秋のようだ。不忍池のほとりには柳が生えており、遠く寛永寺あたりは霞がたなびいている。料亭の灯は私の白髪を照らし、目の前には前途有望な学生たちがいる。さあ、今宵は一樽の酒を楽しく飲んで、共に限りない愁いを消そうではないか。

次の七絶は、藤門の書生の一人である村上博之が東京の一流会社を辞め、家業を継ぐため郷里の大分県に帰ったとき贈ったものである。

寄村上生在九州

青雲一擲去京闕
千里秋風帰碧山
憶爾宏才夙知隠
不因書帙讀人間

村上生の九州に在るに寄す

青雲一擲《いってき》　京関を去り
千里秋風　碧山に帰る
憶ふ爾の宏才　夙《つと》に隠を知る
書帙《しょちつ》に因らずして　人間《じんかん》を読む

・碧山＝樹木の青々と茂る山。・書帙＝書物　・人間＝人の世。現世。

君は青雲の志を投げ棄てて都を去り、遠く秋風の吹く、樹木が青々と茂っている故郷へ帰っていった。私は思う。君は大きな才能を持ちながら早くも退隠することを知っている。それは書物ではなくて、この世の中を読んでいるのだ、と。

また後年のことになるが、これも藤門書生の一人高木友之助が鴨方の伯海邸を訪れ、帰京する際にはわざわざ鴨方駅頭まで見送り、次のように惜別の情を吐露している。

送高木生歸東京

腸斷何堪折楊柳
春風此日送君還
火輪千里行程迴
留別浮雲驛後山

高木生の東京に帰るを送る

腸断何ぞ堪へん折楊柳
春風　此の日君還るを送る
火輪　千里の行程迴《はる》かなり
留別　浮雲　駅後の山

・折楊柳＝楊柳の枝を折って別れの情を歌った曲名。転じて別れの情。
・留別＝旅立つ人が詩などを残して、別れの気持を表すこと。旅立つ人が送る人に別れを告げること。

腸《はらわた》を断つようなつらい離別の情にどうして堪えられようか。春風の吹く穏やかな今日、帰京する君を見送ることだ。君を乗せた汽車は千里も離れた道のりへと遠ざかって行ってしまった。今はただ別れの言葉と浮雲が駅の後山に漂うだけで、何とも言えぬ淋しい気持だ。

一高在職中、伯海は鎌倉六法井の寓居から通勤していた。当然のことながら藤門の書生たちもしばしばこの寓居を訪ね、数々の心温まるエピソードを残している。その一つを**高木友之助**の述懐から。

――「…数人の友だちと押しかけて行ったら、先生大変喜ばれて、たくさんご馳走をとってくれ、お酒も飲ませていただきました。(中略)それでふっと時計を見ますと、もう十二時を過ぎておりました。これは横須賀線ももうない。ないけど先生のところに泊まるわけにはいかないかち、おい帰ろうと言って、みんなで失礼して帰っていきました。帰りながら、しかし困ったな、駅で一晩明かすのかなんて言いながら途中まで行きましたら、後ろから先生が追っかけてきて、君ら、もう電車がないそうじゃないか、帰れ、と言って先生のお宅へ連れ戻されました。（中略）先生のお宅には動く時計がない。時間を知りたい時には、いつも駅に電話をかけて今何時ですか、と言って聞くらしいんです。さすがに先生は私たちのことが気になったとみえて、駅に電話をかけたら、何時、何時、何時。もう最終電車あるのかと尋ねたら、ない。それで先生はびっくりして連れ戻しに来られたんです。（中略）こうしてその晩、先生のお宅に泊まったわけです。その明け方、友人の一人が便所へ行くので、ちょっとのぞいたら、三月の寒い時にもかかわらず、先生は布団を着ていないんです。私たち学生に布団を提供したため、先生は蚊帳をかけてうたた寝されていた。

それを聞いて私は今でも涙ぐむんです。そういう先生でした。

（平成八年三月九日、現浅口市健康福祉センターにおける講演より）

なお、この鎌倉の寓居のようすについては**金丸麻耶子**（伯海の親友高山峻の令嬢）が詳細につづっているので引用させていただきたい。

…庭には沢山の芙蓉が、葉月の盛りにおおどかな花を咲かせた。おじ様（筆者注＝伯海）の居間の毛氈や、支那の筆墨、唐紙の匂、螺鈿《らでん》の木箱や夥しい漢書、そして押入れの中一杯に並べられたフランス語の文学や詩の書物。自ら幼い私の耳に、諸葛孔明の名と共にブルボン王朝の華やかさも浸透した。部屋の一隅に仏画をかけて、深い祈念をされる場所があった。私もよくその前に掌を合せ、経文を教えて頂いた。ある日は表座敷の十畳の床の前に葵の紋入の脇息を置いて、弟はおじ様の傍に座を占め、女であるという為に次の間に伺候した私は、「近う」「近う」という声で始めて膝行して上段の間に入る、という、〝殿様ごっこ〟を真面目にした事、こうした事が皆一つに融合し調和していたと思う。戦争が始まり、だんだん雅やかな生活が難しくなった頃、父の使いで鎌倉の御宅を訪ねた事があった。ふと座敷前の広い庭を見た時、びっくりした。縁近くから一面に薄緑のやや外側の巻返った大きな葉が風に揺れて波の様にぞよめいている。「まあ素晴らしい、蓮を植えられて」と、慌て者の私に、おじ様は、苦々しげに、そして少しかなしそうに「芋じゃ、芋じゃよ」とおっしゃった。その頃の女中のお駒さんが食糧補給の為にと、庭を里芋畠に変形した結果であった。

紅か白かと花の咲くのを待つ事空しい里芋畠も、葉の上に朝露の珠を転がせて、少しは爽やかな風を起こしたことであろうか。

（同人雑誌『同時代』昭和四十一年十一月刊所収「阿藤伯海先生追懐」）

やがて日に日に戦時体制が強化され、昭和十八年の学徒出陣、同十九年の学徒動員などが発令されると、伯海はいたく衝撃を受けたという。清岡卓行は

「自分の周辺に文学好きの一高生たちが集まることを生きがいの一つのようにしていた先生にとって、それは当然大きな寂しさをあたえる出来ごとであったにちがいない。」

と推察している。さらに、

「阿藤先生にとってその頃から後はほとんど、勤労奉仕を優先したような授業、空襲、本土決戦の噂、疎開《そかい》さわぎ、物質のひどい欠乏、世間の人情の険しさ、そして、戦争完遂《かんすい》の狂気じみた雰囲気、そういったいやな事柄」

が伯海の故郷への退隠を促した大きな要因であろう、と分析している。そして、

「その年（昭和十八年）の九月か十月であったか、私は級友たち数人といっ

しょに先生の鎌倉六法井の家に招かれ、お酒のご馳走になって泊めてもらったことがあった。先生としては別れの宴《うたげ》のつもりであったのだろう。」

と述べ、伯海は着々と帰郷の準備を進めていたらしいと推測している。

果たして伯海は、昭和十九年暮、一高に辞表を提出、十二月には故郷の岡山県浅口郡六条町の生家へ帰るのである。時に伯海五十歳であった。佐藤得二（一高同期生・教授時代も同僚）は伯海の帰郷を

「退隠の辞には陶淵明よりもふさわしい彼を世間の人はほとんど知らない。しかし彼を知る土屋竹雨（漢詩でただ一人の芸術院会員。故人）は口を極めて激賞、現代日本の代表的漢詩人だとまでいっていた。」

と称え、またその人物像を次のように評している。

彼は一高生をこよなく愛し、羽織はかまに白タビという服装で元気よく鎌倉から通ってきた。私の部屋でゲタをぞうりに代えて教室に出るのだが、いつも紫紺のふろしき包を大事そうに机におく。中身は学生の作文で、彼の格調高い楷書の朱筆が批評を記していた。彼が芭蕉、杜甫を好み、利休より遠州を好み、入明当時の雪舟を好み、フランス画風の輸入された当

初の洋画を好み、天台の檀家でありながら奈良の古い六宗、つまり大乗より小乗を愛したのは、すべて初初しさ純朴さに傾倒したからである。岡山県矢掛中学から一高を出た彼が、京都大学の狩野直喜を師と選んだのも、狩野が阿藤を愛したのも、同じ純朴性への傾倒からであった。そして、一高の若者たちもこの阿藤を愛した。（朝日新聞「ある漢詩人の死」）

次に、伯海が東京を去るに当たって詠じた五律を掲げてこの稿の結びとしたい。

離　京

倦遊向郷國　　遊に倦みて　郷国に向ひ
別友大江邊　　友と大江の辺に別る
握手情沈鬱　　手を握れば　情《こころ》沈鬱にして
盪胷意結連　　胸を盪《うご》かして　意《おもひ》は結連す
帝畿翻落日　　帝畿は落日を翻《ひるがへ》し
驛道斷荒煙　　駅道は荒煙に断たる
此夜紅熢火　　此の夜　紅の烽火
警音頻有傳　　警音の頻《しきり》に伝ふる有り

東京での生活に疲れて故郷へ帰ろうと思い、友人と大江のほとりで別れることになった。別れの握手をすると気持はつらくふさがり、胸をゆさぶり動かして思いを結びつけることだ。帝都はまるで落日をひるがえすようであり、街道は全く人気がない状態だ。

今夜もサーチライトが東京の夜空を照らし、敵機の来襲を知らせるサイレンの音がしきりに鳴り響いていることだ。

退隠時代

―その人と文学―

阿藤伯海旧居母屋

一　帰郷と故郷の現実

「遊に倦み」た阿藤伯海は、五十歳にして第一高等学校教授の職をなげうち、太平洋戦争末期の昭和十九年の暮、岡山県浅口郡六条院町（現在浅口市鴨方町六条院東）の生家に帰る。次の三首は、帰郷途上の感懐を詠じたものである。

歸郵途上
人過驛南路
鳥没水西空
野火長堤起
蒼然暮色中

帰郵途上
人は過ぐ　駅南の路
鳥は没す　水西の空
野火《やくわ》　長堤に起る
蒼然　暮色の中

久しぶりに郷里にたどり着くと、見知らぬ人たちが鴨方駅の南あたりのわが家へ通ずる道を行き来しており、塒《ねぐら》へ帰る鳥たちは寒々とした冬の西空あたりに消え去っていくことだ。折しも枯れ草を焼く火の手があがっている。

こうした日暮れどきのうす暗い中を、私はわびしくわが家へ帰っていくことだ。

歸鄕途上口占二首

憶與山中拾栗游
紅顏總角不知憂
西風歸客當年夢
飛向蕭條鄕國秋

帰郷途上口占二首

憶ふ　与に山中　栗を拾ひて遊びしを
紅顔総角　憂ひを知らず
西風の帰客　当年の夢
飛び向ふ　蕭条たる郷国の秋

帰郷していると、かつて幼友だちと一緒に山で栗を拾って遊んだことを思い出すことだ。そのころは紅顔、あげまき頭髪の少年であって、心配事は知らなかった。ところで、秋風の吹くころ帰客となることは私の往年の夢であった。今、私はこうしてものさびしく故郷の秋に飛び向っていることだ。

十年爲客鬢毛斑
偶遇秋風返故關
童子馳來爭問我
丈人原是住何山

十年客と為りて　鬢毛斑《びんもうまだら》なり
偶《たまたま》秋風に遇《あ》ひて　故関に返る
童子馳《は》せ来り　争って我に問ふ
丈人《じょうじん》　原是《もとこれ》何れの山にか住むと

十年も客人となっている間に、耳ぎわの髪の毛は半白となった。思いがけずも秋風の吹くころ故里へ帰っていくことだ。すると子供たちが走り寄って来て、争うように私に問いかけてくる。おじいさんは今までどこの山に住んでいたのか、と。

喧噪な東京を忌避し、郷愁と望郷の情をいだきながら帰郷の途についた伯海は、右のように一沫のわびしさと寂蓼感を味わう。しかも帰着した故山は必ずしも心安まる所ではなかった。ここ六条院町にも戦時体制の荒波がおし寄せていたからである。

伯海の生家にほど近い明王院界隈の山域には、当時日本陸軍が大規模な洞窟（山肌に数多くの横穴）を掘る工事を進めていた。そこに弾薬や軍需物資を隠匿し、空襲の被害から護るためである。この大事業に町民はもちろん近郷近在の住民、中学生、女学生、青年学校生までも動員され、軍人の指揮監督のもと作業は進められた。ついでながら、この工事は昭和二十年一月～二月の酷寒期に、雨の日も猛吹雪の日も強行された。当時中学二年生であった筆者も奉仕し、兵士や大人たちと共に汗を流したことを記憶している。そして、一日一度は巡視に訪れる騎馬の監視将校（階級は少佐であったと思う）を威儀を正して迎え、挙手の礼をして、各自が学校名、学年、氏名を軍隊口調で名乗る。将校は鷹揚に答礼したあと下馬して現場を一巡、現場責任者と覚しき下士官（階級は軍曹か曹長ぐらいであったと思う）から作業の進捗状況などの説明を受ける。最後に全員を整列させ、東方に向かって宮城を遥拝させたあと、自らが先導して、「海行かば水漬《みづ》く屍《かばね》　山行かば草生《む》す屍　大君の辺《へ》にこそ死なめ　顧みはせじ」の古歌（大伴家持作）を二回斉唱させる。そして、「本土決戦が必至の現下、この聖戦の勝敗も、皇国の興廃も、一にかかってお前たちの双肩にかかっておる。」とか、「鬼畜米英、撃ちてし止《や》まん、の決意を胸に刻《きざ》んで、一層作業に精励せよ。」などといった尽忠報国の精神と戦意高揚の意欲を鼓舞する訓辞を垂れ、轡《くつわ》取りの兵士共々引き揚げていくのである。

当時六条院町民であった伯海もこの奉仕に従事していたはずである。また、巡視将校の指示に従って行動したり、作業員と一緒に訓辞を聞いていたはずであるが、いったいどのような思いでこうした現実を受けとめていたのであろうか。

―筆者は、**清岡卓行**が指摘する伯海の厭戦《えんせん》感情や現実否定の思想をますます強固にし、ゆるぎないものにしたと思えて仕方がないのである。

それに住民避難のための防空壕掘りと防空訓練、本土決戦に備えての竹槍訓練、航空機燃料油採取のための松根掘り作業、飼育ペット（兵士の防寒用毛皮に供する）や家庭内の仏具、金属製品類（兵器製造に供する）の供出、食料増産のための山地開墾、非農家の農家への労働奉仕等々、桃源郷であったはずの郷里は喧繁と殺伐を極めていたのである。さらに伯海は昭和二十年六月二十二日の水島大空襲（白昼）、同二十九日の岡山大空襲（未明）、八月八日の福山大空襲（深夜）などの悲惨な戦禍も身近に体験する。要するに伯海が帰郷した六条院は決して心身共に安らぐ地とはいえなかったのである。
　こうした緊迫した時代的、社会的情勢のなかで、伯海は当時の心境を次のように詠じている。

歸　田

十載桄榔夢
一歸南國春
煙花蕭寺塔
夜雨古城闉
菽水歡無盡
壎篪情有親
草堂多楽事
豈謂老風塵

帰　田

十載　桄榔《くわうらう》の夢
一に帰る　南国の春
煙火　蕭寺《せうじ》の塔
夜雨　古城の闉《いん》
菽水《しゅくすゐ》の歓　尽くる無く
壎篪《けんち》の情　親しみ有り
草堂は楽事多し
豈風塵《ふうぢん》に老いんと謂はんや

・桄榔＝さとうやし。ヤシ科の常緑高木。花軸の汁から砂糖、幹から澱粉、葉柄からなわにする繊維をとる。

・煙花＝春がすみが立ち、花が咲く景色。
・蕭寺＝ひっそりとした寺。明王院をさす。
・古城闉＝古い町なか。闉は二重の城門の外側の門。
・菽水歡＝豆を食い、水を飲むような（食糧難の）生活のなかでのよろこび。
・壎篪情＝兄弟相和すの情。壎は六穴または八穴の土笛。篪は七穴または八穴の横笛。壎と篪を兄弟で合奏するという意。兄弟が仲よく暮らすことのたとえ。「壎篪相和」の故事による。
・草堂＝粗末なわがあばら屋。
・風塵＝俗塵。俗世間。

私は東京で十年間桄榔の夢を見ていたが、ひたすら南国の故郷六条院へ帰ってきた。今はあたかも春で霞がたなびき、花が咲く景色のなかに、ひっそりとした明王院の塔が佇んでおり、古い町なかには夜の雨が降っていることだ。（世の中は厳しい戦時体制下で、緊迫の度を増しているが、）私自身は豆を食い、水を飲むような貧しい生活のなかで、親に尽くす孝養の歓びはつきることがない。また兄弟仲よく暮らすことの真情も味わいながら毎日を過ごしている。この粗末なわが家では楽しいことが多い。どうして俗世間の汚れたなかで老いぼれていこうか。そんな老い方はしたくない。

都会での慌忙《こうぼう》や喧噪を避けて帰郷した伯海であるが、故郷もまた緊迫した戦時体制下におかれ、息づまるような束縛と喧囂《けんごう》に辟易《へきえき》し、失望する。しかし、そうした世情や煩わしい人間社会の雑事から離脱し、貧しいながらも肉親の情を大切にしながら生きていこうとする伯海の高邁な心境が吐露されている。かの陶淵明の「飲酒」の詩（窮屈で煩わしい人間世界に住みながら、自然や人生の奥に秘められた真実を味わいながら生きていきたいという境地）に通ずる格調高い詩である。まさに伯海の面目躍如たる秀作である。

二　終戦後の動静―エピソード五題

1　本当の日本人の姿

やがて広島、長崎への原爆投下という悲嘆を味わって八月十五日の敗戦を迎える。藤門の八書生たちは、いずれも東大在学中のまま学徒兵などとして軍務などに従事していたが、**清岡卓行**を除く全員が復学した（大連生まれの清岡は、生家のある大連で敗戦を迎えたため、昭和二十三年家族とともに引き揚げてから復学）という朗報に接する。再会を楽しみに上京した伯海がいつもどおりの羽織、袴、白足袋という和装で街頭を歩いていると、進駐軍の兵士たちが、あるいは足をとめ、あるいはジープを停め、「あそこに日本人の亡霊がいる。」「いや、あれこそが本当の日本人の姿だ。」「絵で見たことはあるが、実物を見るのは初めてだ。」などと言って興味深そうに見つめたという。なかにはカメラを向けたり、近づいてきて一緒に写真を撮らせてくれと所望したりするなど、ちょっとした名物男になったというエピソードが残っている。

2　農地改革

大地主であった阿藤家は、戦後の「農地改革法」によって農地を小作人に解放する仕儀となる。これについて**清岡卓行**は土地の古老から聞いた話として次のように述べている。

―「農地改革を前にして阿藤先生は一夜、小作人たちを招いて酒肴を出し、それぞれの耕作地を無料で分配すると述べ、これは私があなたたちにあげるのでなく私の祖先があなたがたの祖先にあげるのだ、そのことを忘れずに農業に励んでください。と付け加えたという。これに対し小作人たちは、田地をただでふんだくられたうえに酒を飲ましてご馳走をするとは、あいつ気でも狂ったのではないかと嘲笑したという。」（「千年も遅く」）―

このときの心境を伯海白身も次のように詠じ、かつ自註を施している。

茅齋

笑我衰遅漫賣山
新修茅舎對松關
少年勿訝愚溪宅
幾巻残書散壁間

茅斎

笑ふ我が衰遅《すゐち》　漫《みだ》りに山を売るを
新修の茅舎　松関に対す
少年訝《いぶか》る勿《なか》れ　愚渓《ぐけい》の宅
幾巻の残書　壁間に散ずるを

・茅齋＝詩人の家。　・衰遅＝年の暮。転じて老年。
・賣山＝先祖から受け継いできた田畑を手放すこと。ちなみに、隠居部屋を建てることを「山を買う」という。
・茅舎＝かや葺きの粗末な家。己が家の謙称。
・訝＝怪訝に思う。不思議に思う。
・愚溪宅＝愚公という老人の故事（「愚公移山」）にならって、宅畔の渓谷をこう名づけた。

人々は、私が老年になって先祖伝来の田畑をみだりに手放すような愚かなことをしたことを嘲笑していることだ。しかし、新しく修復した我が家は、ちゃんと昔からある大きな松の木と共にある。諸君、どうかわが家の宅畔の渓谷のことを怪訝に思わないでくれ。わが家には幾巻もの貴重な書籍が部屋じゅうに満ちあふれているのだ。

劫餘予嘗招致佃戸設醼以犒從來勞苦且約分
其所耕田畝鄕黨父老聞之以予爲狂爲愚偶隣
人等謀略宅邊地與之里中少年以予爲迂爲愚
又同父老而遠近聞之者皆大笑我愚云乃自僭
擬愚公故事名宅畔溪谷以愚溪

(自註) 劫余、予嘗て佃戸を招致して醼《えん》を設け、以って従来の労苦を犒《かう》し且つ其の耕す所の田畝《でんぽ》を分かつを約す。郷党の父老之を聞き、予を以って狂と為し愚と為す。偶《たまたま》隣人等宅辺の地を謀略して之を里中の少年に与ふれば、予を以って狂と為し愚と為す。又父老と同《とも》に遠近之を聞く者、皆我が愚を大笑す。云はく乃《すなは》ち自ら愚公の故事僭儀《せんぎ》して、宅畔の渓谷を名づくるに愚渓を以ってす。

・劫餘＝戦後。　・佃戸＝小作人。　・醼＝宴、宴席。　・犒＝ねぎらう。
・田畝＝田畑。　・僭擬＝身分を越えて目上の人のまねをする。

3　岡山県議選後援会

昭和二十二年、戦後初めて行われた岡山県議会議員選挙に地元（浅口郡鴨方町）からは酒造業を営む**丸本市松**（一八九七～一九八七）が立候補する。このとき三歳年長であった伯海は丸本の後援会の中枢として活躍し、当選に貢献する。ただ、伯海の活動は学者然としており、たとえば応援演説などはまるで大学の講義のようで格調が高く、聴衆はうんざりすることが多かったという。

ちなみに**丸本市松**は県議に連続五期当選、二十年間在職。昭和四十一年には議長に就任するほか、農林、総務、議会運営各委員長を歴任。また、岡山県農業会議員、県園芸農協連合会長、県信用農協連合会長、県共済農協連合会長、県農協中央会理事などを務める。特に鴨方町農協組合長時代には、県下一の貯蓄高を有する農協に築き上げている。（『岡山県議会史』『鴨方町史』による。）

4　岡山県教育委員

戦後教育委員会制度の発足（昭和二十三年十一月一日）にともない、伯海は地元から推されて出馬し嚆矢《こうし》としての岡山県教育委員（公選）に当選する。発足当時の県教育委員の定数は五人で、任期はこのうち四年が二人、三年・二年・一年が各一人であった。参考までにこのときの委員を調べてみると、四年委員が**安井源吾**と**江原猪知郎**、三年委員が**高畑浅次郎**、二年委員が**奥山道枝**、一年委員が**阿藤伯海**であった。伯海は教育委員会の最初の会合に出席し、県から示された教育行政の理念（特に忠孝を抹殺した教育）に失望し、以後一年間の任期期間中、全く出席しなかったという。

ただ、県教育委員という著名な肩書きから各地で教育に関する講演などを依頼されると、これに応じている。例えば、ある時は「教育の本義とその理想」と題して講演している。この講演記録が残っているのでその一部を引用させていただく。

近代に於ける独逸の大思想家は云っている。「善に生きよ。美に生きよ。而して全体に生きよ」と。「全体に生きよ」とは実に味わうべき言である。抑《そもそも》、教育の本義は東洋的な表現を用いれば、書経に所謂《いわゆる》「克明㆓峻徳㆒」の四字に尽きる。我が国にあっては、終戦前後からの教育は歪曲されているようである。これを匡正することが現下の急務である。乃ち教育に従う人達の徳行と学問とを要望して止まない。

人格と学識の影響するところ極めて大なるものがあるからだ。人材の輩出は一に良師に俟《ま》つ。学校は道徳と学問とを修める道場である。智を愛する精舎である。個人が各、多年薫育を経て道徳的となり、愛の念を増すことによって、はじめて人情が敦厚に、風俗が純朴になる。

（高梁川流域連盟機関誌『高梁川』第三十四号）

5　大学教授就任要請を固辞

昭和二十四年の新制大学発足に当たって、伯海は岡山大学や学習院大学などから「教授」としての就任要請を受ける。特に岡山大学は、一高・東大時代を通しての親友であった**高山峻**（岡山大学法文学部哲学科教授に就任）などを通して強く要請するが、伯海は辞退する。また、学習院大学からは、**阿部能成**（一高時代の校長）自らが伯海宅を訪れて慫慂《しょうよう》するが、伯海はこれも辞退している。

三　退隠生活

かくして伯海はあらゆる社会的な制約や干渉から自らを断ち、自宅を活動拠点として母堂天留（昭和三十年八月二十八日没）の孝養に努めるとともに、県内や近県の名所旧跡を訪れ鴎盟との親交を楽しみながら、終生漢詩作りに専念するのである。

ちなみに、当時詠じた「除夜作」では隠遁生活を送る決意が吐露され、まさしく陶淵明の「帰園田居」にも似た感慨がうかがわれる。

除夜作

守拙林邱臥
居貧養性情
文章不嫌樸
詩禮欲存誠

除夜作

拙を守りて　林邱に臥し
貧に居りて　性情を養ふ
文章は　樸を嫌はず
詩礼は　誠を存せんと欲す

半夜坐虚室　半夜　虚室に坐し
殘年對短檠　残年　短檠に対す
自驚霜鬢白　自ら驚く　霜髪の白きを
顧影念餘生　影を顧みて　余生を念ふ

・詩禮＝出典は論語「李氏篇」。孔子が子息の鯉に、詩と礼を学ぶことの大切さを教えた。

世渡りの下手な自分に安んじて山林に隠れ住み、貧しい暮しのなかで生まれつきの性質を大切にしている。

私の作る詩文は技巧を加えぬ素朴なものだが、昔から伝わる詩学や礼学に自分の誠を託したい。

夜も更けた今、虚白室に坐り、老い先短くなった身で低い燭台に向かう。

頭髪が白くなった自分に驚きを禁じ得ず、自分の姿をふりかえりながら、残された人生に思いを寄せることだ。

伯海は自宅の母屋を「臥龍庵」と称した。これは京都大学の恩師狩野君山が、伯海邸を「臥龍洞」（天に昇るべき龍＝大人物がひそんでいる洞窟）と命名し、扁額に揮毫して贈ったことに因《ちな》む。同時に母屋玄関前の大樹の松を「臥龍松」と称した。また、別棟の書斎を「虚白室」と名づけた。「虚白室」とは『荘子』の「人間世篇」に載っている「虚室ハ白ヲ生ズ」という語句からとられたものであるという。「室」は「心」、「白」は「真理」という意味であり、語句全体は「心が何ものにもとらわれず、無念無想であれば真理に到達することができる」という意である。これについて清岡卓行は、「物がなく空虚でそのためには日光が溢れる、という意味の部屋。それはそのままで、世の中においてつめられた自分の感受性しか信じていない、そんな頑《かたく》な孤独のかたちをとることができるはずである。」と述べている。

伯海はこの「虚白室」にことのほか愛着を寄せ、数多くの詠を残している。そのうち三首を掲げる。

虚白室孤望

草長門前逕
燕飜柳下風
蒹葭隔欄碧
躑躅入牕紅
鶏犬園林北
犢牛湖水東
送人經幾日
雲影兩眸中

虚白室　孤望

草は長し　門前の逕《みち》
燕は飜る　柳下の風
蒹葭《けんか》は　欄を隔てて碧《あお》く
躑躅《つつじ》は　牕《まど》に入りて紅《あか》し
鶏犬は園林の北
犢牛《とくぎゅう》は　湖水の東
人を送って　幾日か経たる
雲影は　両眸《りょうぼう》の中

・蒹葭＝おざやあし。

・犢牛＝こうし。

虚白室即事

蒼天鳶舞落松華
緑樹新蟬午韻賒
憑几開書虚室裏
間牕騁望水邊家

虚白室即事

蒼天鳶《とび》は舞ひ　松華《しょうくわ》落ち
緑樹新蝉　午韻賒《はる》かなり
几に憑《よ》り書を開く　虚室の裏《うち》
間牕騁望《かんそうていぼう》す　水辺の家

・間牕＝静かな窓。

・騁望＝ほしいままに眺める。

虚白室即目

湖尾殘陽白社煙
彩虹斜架雨餘天
牧童無事騎牛去
孤笛遙回水樹邊

虚白室即目

湖尾の残陽　白社の煙
彩虹斜めに架く　雨余の天
牧童事無く　牛に騎《の》りて去る
孤笛遥かに回る　水樹の辺

・湖尾＝湖の末端。湖は伯海邸虚白室のすぐ近くにある池。
・白社＝虚白室。

次に、臥龍庵内外の風物や動静を詠じた詩篇を取り上げ、伯海の退隠生活における生きざま・心境・感懐などを垣間見《かいまみ》してみたい。

元　日

朱闌翠竹影玲瓏
別有梅花開苑中
伯仲登堂酌椒酒
壎篪相和入春風

元　日

朱闌翠竹　影玲瓏《れいろう》
別に梅花有りて　苑中に開く
伯仲堂に登りて　椒酒《せうしゅ》を酌み
壎篪《けんち》相和して　春風に入る

・朱闌翠竹＝赤いおばしまと緑の竹。
・玲瓏＝玉のように鮮やかで美しいさま。
・伯仲＝兄弟。
・椒酒＝屠蘇酒。　・壎篪相和＝兄弟の親しいありさま。　壎も篪も共に楽器。「壎唱へて篪和するが如し」のたとえ。

人日

人日題詩古艸堂
石欄苔短臘梅黄
青衣昨夕採芹去
盤映朝來團竹光

人日

人日《じんじつ》詩を題す　古草堂
石欄苔短くして　臘梅黄《らふばいくわう》なり
青衣昨夕　芹を採りて去り
盤は映ず朝来　団竹の光

・人日＝正月七日の称。　一日は鶏を占い、以後六日まで獣畜を占い、七日は人を占う。
・石欄＝石の手すり。
・臘梅＝なんきんうめ。からうめ。
・青衣＝青い衣を着た人。　転じて低い身分の女。

虚白室前栽松
白雲無盡伴閒身
猿鶴有時來四隣
歸臥山中讀經樂
栽松欲見老龍鱗

虚白室前に松を栽う
白雲尽くる無く　閒身を伴ひ
猿鶴時有りて　四隣より来たる
山中に帰臥《きぐわ》して　読経《どくげい》の楽しみ
松を栽して　老龍鱗を見んと欲す

・猿鶴＝徳の高い立派な人。君子。「猿鶴沙虫」の故事による。周の穆王が南方へ遠征したとき、全員が戦死し、君子は猿や鶴になり、小人は砂や虫になったという故事。
・読経＝経書を読む。
・龍鱗＝龍のうろこ（のように立派な存在）

春　愁
楊柳池塘燕子斜
飛來飛去向誰家
春風不管女兒歎
吹入短牆多落花

春　愁
楊柳の池塘《ちたう》　燕子斜めに
飛び来り飛び去って　誰が家にか向はん
春風にも管《かかわ》らず　女児嘆ず
吹いて短牆《たんしょう》に入って　落花多ければなり

・池塘＝池の土手
・不管＝～にもかかわらず。～であるのに
・短牆＝丈の低い垣。牆はかきね。

白　椿

遅日花開白大椿
皎如玉盞帯香津
不知何處初生此
養壽年年淑氣新

・遅日＝春の日。

白き椿

遅日に花開く　白く大いなる椿
皎《けう》として玉盞《ぎょくさん》の如く　香津《かうしん》を帯ぶ
知らず何処《いずこ》に　初めて此を生ずるかを
寿を養って年年　淑気新たなり

・香津＝香気。　・淑気＝春の温和な気。

臥龍庵哀偃梅

鐵石心腸老臥梅
雪中何事忽隳摧
艸堂從是無顔色
月夜寒園人不廻

臥龍庵にて偃梅《えんばい》を哀しむ

鉄石心腸の　老臥の梅
雪中何事ぞ　忽ち隳摧《きさい》す
草堂是れより　顔色なし
月夜寒園　人廻らず

・偃梅＝倒れた梅。
・鐵石心腸＝鉄心石腸。鉄や石のように堅固不屈の精神。意志の強いことのたとえ。
・隳摧＝くずれ倒れる。

桐　花

煌煌五月桐華發
疑是園林罩紫雲
高標好饌鳳凰食
何議琅玕虎豹文

桐の華

煌煌たる五月　桐華発《ひら》く
疑ふらくは是れ　園林紫雲を罩《こ》むかと
高標の好饌《こうせん》　鳳凰の食
何ぞ議せん　琅玕《ろうかん》虎豹の文に

・煌煌＝きらきらと光るさま。まばゆいさま。　・罩＝包み込む。
・高標＝高い梢。　・好饌＝御馳走。　・琅玕＝真珠色をした美しい宝石。
・虎豹文＝美しい模様の虎や豹の毛皮。

睡　蓮

早起看來開睡蓮
香風徐動緑地邊
栽書欲報湘南客
水上花清同去年

睡　蓮

早起して看来《みきた》る　睡蓮の開くを
香風徐に動く　緑地の辺
書に栽して報ぜんと欲す　湘南の客
水上の花清くして　去年に同じ

・栽書＝手紙に書いて。
・湘南客＝神奈川県相模湾あたりに住んでいる人

夏日雜詠　一

梅斷朱天欲振炎
孤亭此日下疎簾
蟬聲猶雨來催雨
已見龍孫長掩檐

夏日雑詠　一

梅《つゆ》断《あ》けて朱天　炎を振はんと欲す
孤亭此の日　疎簾を下《おろ》す
蝉声《せんせい》猶ほ雨のごとく　来たりて睡を催す
已に見る竜孫《りゅうそん》の長じて　檐《ひさし》を掩《おほ》ふを

・梅斷＝つゆ（梅雨）が明ける。斷は断ち切る。おわるなどの意。
・孤亭＝離れ座敷。　・疎簾＝目を荒く編んだすだれ。
・龍孫＝筍の別名。　龍雛《りゅうすう》。

夏日雜詠　二

橫臥晝眠汗作珠
覺來窗下煑山茶
雲白湖平風不度
蟬聲如雨滿庭梧

夏日雑詠　二

横臥して昼眠すれば　汗は珠を作《な》す
覚め来たれば窓下　山茶《さんと》を煮る
雲は白く湖は平《たひら》かにして　風は度らず
蝉声雨の如く　庭梧に満つ

・窗下＝窓のほとり。　・煑山茶＝山茶（にがな）のお茶を沸かしているかのように暑い。
・庭梧＝庭の青桐

睡後

午睡覺來猶懶起
枕頭索句未成詩
半簾匳影逗窗澹
應在西山落照時

・懶＝おっくうな。

漁樵來過

漁樵敲戸夕曛斜
寄我香芹與木瓜
莫怪山林煖醪酒
艸堂固是異僧家

・漁樵＝すなどりする人やきこり。隠者仲間。
・夕曛＝夕日。
・香芹＝せり。
・木瓜＝花櫚《かりん》に似た果実。
・醪酒＝どぶろく。

睡後

午睡《ごすゐ》覚め来たれども　猶ほ起くるに懶《ものう》し
枕頭句を索《もと》むるも　未だ詩を成さず
半簾の松影　窓に逗《とど》まりて澹《あは》し
応に西山に在るべし　落照の時

・半簾＝半分おろしてあるすだれ。

漁樵来たりて過ぐ

漁樵《ぎょせう》戸を敲《たた》けば　夕曛《せきくん》斜めに
我に寄す　香芹《こうきん》と木瓜《ぼっくわ》とを
怪しむ莫《なか》れ　山林　醪酒《らうしゅ》を煖《あたた》め
草堂固《もと》より　是れ　異僧の家

偶成

獨坐池亭白日長
欄前初覺入新涼
青蓮未老留清影
陣陣薇風渡水香

偶成

独り池亭に坐せば　白日長し
欄前初めて覚ゆ　新涼の入るを
青蓮未だ老いず　清影を留む
陣陣たる薇風　水香を渡す

・池亭＝池のほとりのあずまや。　・新涼＝初秋はじめて感じる涼しさ。
・青蓮＝青い色のはす。　・陣陣＝きれぎれに続くさま。

秋夜

清宵濁坐對書牀
愁聽秋蛩滿野塘
擧首翛然望明月
月光如水灑茅堂

秋夜

清宵独り坐して　書牀に対す
聴くを愁ふ　秋蛩《しゅうきょう》野塘に満つるを
首《こうべ》を挙げて　翛然《せうぜん》明月を望めば
月光は水の如く　茅堂に灑《そそ》ぐ

・清宵＝よく晴れたすがすがしい夜。清夜。　・秋蛩＝こおろぎ。
・野塘＝野べ。　・翛然＝物事にとらわれず、自由自在なさま。

〈注〉この詩は「頂針回環法」（上句の字を下句の頂に置く技法）が用いられている。

重陽

歸田幾値古重陽
映酒黄花杯裏黄
寂漠北堂人不見
危欄獨廢蓼莪章

重陽

帰田して幾《いくたび》か値《あ》ふ　古重陽
酒に映ず黄花　杯裏黄なり
寂漠たる北堂　人見えず
危欄独り廃す　蓼莪《りくが》の章

・古重陽＝旧暦の重陽の節句。
・黄花＝黄色の菊の花。
・北堂＝母の居室。
・危欄＝高い手すり。
・蓼莪章＝『詩経』の「小雅」にある蓼莪の詩。孝子が労役に従っていたため、親の生前に孝養を尽せなかった悲しみを述べた詩。

紅芙蓉

芙蓉弄色作新妝
蛺蝶穿花飛舊牆
疑見燕支瀉紅涙
滿園秋雨鎖華香

紅芙蓉

芙蓉色を弄《もてあそ》んで　新妝《しんしやう》を作《な》す
蛺蝶花を穿《うが》って　旧牆《きうしやう》に飛ぶ
疑ひ見る燕支の　紅涙を瀉《もら》すを
満園の秋雨　華香を鎖《とざ》す

・新妝＝新しいよそおい。
・蛺蝶＝揚羽蝶
・旧牆＝古い垣根。
・燕支＝紅をとる草の名。

中門移築

中門移築石堦成
盡日開扉湖尾明
來往漁樵稀解字
對聯閒挂在雙楹

・石堦＝石のきざはし。堦は階の別体。
・盡日＝一日中。　・漁樵＝すなどりする人ときこり。一般庶民。
・對聯＝門の左右に掲げた対句の文言。
・雙楹＝門の両側の柱。

草堂題壁

草館喬松下
間窗修竹邊
虚心看古畫
精思讀陳篇
智者能從命

中門移築

中門移築して　石堦《せっかい》成り
尽日扉を開けば　湖尾明らかなり
来往の漁樵　字を解すること稀なり
対連閒《しづ》かに挂げて　双楹《そうえい》に在り

草堂にて壁に題す

草館　喬松の下
間窓　修竹の辺
虚心　古画を看る
精思　陳篇を読む
智者は　能く命に従ひ

仁人自樂天　仁人は　自ら天を楽しむ
所憂在名教　憂ふる所は　名教に在り
獨臥恥前賢　独り臥して　前賢に恥ず

・精思＝沈思。
・陳篇＝書物。
・命＝天命。
・名教＝儒教。（儒教は不十分だ、との意）

四　臥龍庵を訪れた鴎盟たち

臥龍庵を訪れた文人や騒客は、**斎藤磯雄（子雲）・斎藤眗（荊園）・高山竣（羅浮）・木下彪（周南）・狩野直喜（君山）・鈴木虎雄（豹軒）・高木友之助・三重野康・村上博之**らを初め多数であるが、ここでは**斎藤磯雄・高山竣・鈴木虎雄・木下彪**の四人にスポットを当てて、その親交ぶりを見てみたい。

1　斎藤磯雄（子雲）

フランス文学研究者（専門はフランス象徴主義文学）で、明治大学教授となった人物であるが、法政大学在学中から漢詩の同人誌を出すなどして伯海に師事。卒業後も伯海を師と仰ぎ、生涯に二百数十通もの書簡をもらい、それを家宝の如く大切に保管しているというほど伯海に傾倒した。

臥龍庵にもたびたび訪れている。ある時は蜀葵《からあおい》の球根を、またある時は断腸花（シュウカイドウの異名）の株を持参して恩師の無聊を慰め、臥龍庵に花を添えている。伯海も庭いじりを楽しみ、

「――往年恵贈の紅蜀葵開花す。虚白室の下、方塘の東南に在り、この秋冬の間肥料を施して繁殖を計らんとす。（中略）蜀葵をみて賢弟を思ひ之を書す。――」

などの書簡を認めて謝意を表している。一方子雲は伯海から朱竹の株を譲り

受け、自宅の庭で活着し欣々と葉を茂らせていると、その喜びを詩に詠じて伝えると、伯海から

「竹一竿、竹千竿とか、孤竹、疎竹、萬竹とか皆望ましく候。宅中学二山陰王子一獣而移竹するに若かずと存じ候。而て竹よし、松よし、梅よし、歳寒三友、東坡の風流思ふ可き也」

などという酬答を賜っている。（『阿藤先生追懐』）

また子雲は、伯海病床にありとの報に接するや、即刻遠路東京から見舞いに駆けつけ、ねんごろに慰撫している。次の詩はそのとき伯海が詠じたものである。

齋藤子雲自東京　　斎藤子雲東京より来たり
來問我病賦謝　　我が病を問ふ　賦して謝す
歐南清話興何長　　鷗南の清話　興何ぞ長き
相對一鐙分短牀　　一鐙《いっとう》に相対し　短牀を分かつ

君去今宵藥爐冷
半窗風雨獨愁腸

君去って今宵　薬炉《やくろ》冷ややかなり
半窓の風雨　独り愁腸

・一鐙＝一つの火ともし台。ともしび。
・短牀＝小さな寝台。牀は床の本字。
・藥爐＝薬をせんじる炉。
・愁腸＝ひどく淋しく思う。

2　高山峻（羅浮）

一高・東大で同窓であった羅浮は、昭和二十年に岡山市へ疎開していて戦災に遭う。同二十四年、岡山大学創立に際し同大学法文学部教授として迎えられ、そのまま岡山市に定住することになる。同県内に住むようになった両者はしばしば互いに訪問しあって親交を深めていく。「断金之交」を示す伯海の詩十首ほどが残されているが、そのうち三首を掲げる。

虚白室邀羅浮山人飲

蓮老池塘動綠波
涼風知是拂簾過
十年麗澤孤亭晩
一棹觥船情味多

虚白室に羅浮山人を邀へて飲す

蓮は池塘に老い　緑波を動かす
涼風知る是れ　簾を払ひて過ぐるを
十年麗沢　孤亭の晩《くれ》
一棹の觥船《くわうせん》　情味多し

・麗澤＝二つの沢が並んで互いにうるおい合う。転じて、友人同士が励まし合って勉学したり、徳をみがいたりすること。
・觥船＝大きなさかずき。

草堂招飲示羅浮教授

青眼與君分半氈
好將山菜棹觥船
休咍意思謾蕭散
白首猶堪耕紙田

草堂に招飲して羅浮教授に示す

青眼　君と半氈を分かち
好んで山菜を将《すす》めて　觥船《くわうせん》に棹《さをさ》す
咍ぶを休めよ　意思蕭散を謾《あざむ》く
白首猶ほ堪へたり　紙田を耕すを

・青眼＝親しい人に対する目つき。
・蕭散＝もの静かでひまがある。
・白首＝老人。
・耕紙田＝紙に字を書いて生計をたてる。

羅浮高山峻教授
膺博士欣然賦呈

辟廱前輩夙推君
才學兼齊楊子雲
秋雨春風三十年
南山獨有桂花薫

羅浮高山峻教授博士を膺く
欣然賦して呈す

辟廱の前輩　夙《つと》に君を推す
才学兼て　楊子雲に斉《ひと》し
秋雨春風　三十載
南山独り　桂花の薫ずる有り

・辟廱＝辟雍。天子の学宮。ここでは大学をさす。
・前輩＝自分よりも学問官位などが先に進んでいる人。先覚。
・楊子雲＝揚雄。前漢末の学者。文章に長じ「河東」「長楊」など数多くの賦を作った。

3　鈴木虎雄（豹軒）

昭和二十四年以来しばしば来訪、臥龍庵に逗留して伯海の案内で県内や近県の名所旧跡を探訪している。したがって豹軒・伯海酬和の詩もまた数多い。ついでに述べると、『大簡詩草』には四八〇首載録されているが、そのうち豹軒夫子を詠じた詩は実に八十三首にも上っている。

豹軒夫子見寄龍洞
留宿五言詩廿首賦
呈言謝
留宿詩章二十篇
縦横文字厭唐賢
湖亭煙雨春宵短
幾度感吟還撫絃

豹軒夫子龍洞に留宿し
五言詩廿首を寄せらる　賦して
言謝を呈す
留宿の詩章　二十篇
縦横の文字　唐賢を圧す
湖亭の煙雨　春宵短し
幾度か吟に感じ　還《ま》た絃を撫す

・唐賢＝唐のすぐれた詩人たち。　・湖亭＝池のほとりのあずま屋。虚自室。

乙未四月念一草堂邀豹軒夫子見示五絶二首卽攀高韻

坐對欹湖水
薫風拂素扉
好邀詩老駕
天地入眸青

乙未四月念一　草堂に豹軒夫子を邀へ　五律二首を示さる　即ち高韻に攀づ

坐ろに対すれば湖水を欹《そばだ》つ
薫風　素扉を払ふ
好邀《かうえう》す　詩老の駕
天地　眸《ぼう》に入りて

・乙未＝昭和三十年。　・念一＝二十一日。
・好邀＝好意をもって歓迎する。好逆。

昭和二十四年六月には、豹軒は伯海とともに倉敷市真備町の吉備寺（吉備真備にまつわる遺跡あり）や矢掛町東三成の吉備大臣宮に賽したあと、猿掛山麓、小田川南岸の「吉備公弾琴岩」で次のように賦している。

吉備真備公像
（吉備真備公園）

江頭留片石
公昔此弾琴
明月映回澗
清風吹素襟
千行憂國涙
九逝老臣心
欲問峩洋意
空聞流水音

江頭に　片石を留む
公昔　此にて琴を弾く
明月は　回澗に映じ
清風は　素襟に吹く
千行　憂国の涙
九逝　老臣の心
問はんと欲す　峩洋の意
空しく聞く　流水の音

・公＝右相吉備真備。
・回澗＝湾曲した谷川。小田川。
・素襟＝本心。純粋な心。
・憂国＝皇位継承問題で藤原氏が専横であったことを吉備公が反対したことをさす。
・峩洋＝高く広い。

弾琴岩

「吉備公弾琴岩」とは、「奈良時代に右大臣として中央政界で活躍した吉備真備公が、晩年祖父の地に帰り、中秋の名月の夜に、小田川に臨むこの岩の上で琴を弾かれたと伝えられる」（掲示板解説）岩である。

この五律は地元真備町の有志によって建碑に勒された。また、その碑陰には次のように勒銘されている。

昭和廿四己丑六月予賦彈琴石
詩中秋邑人景仰公德設彈琴之會
豹軒　鈴木虎雄

右の豹軒の詩に対し、伯海は「己丑夏六月陪鈴木豹軒夫子訪吉備公館阯奉和二首」と題して、次の五律二首を次韻酬唱している。

弾琴岩（碑陰）

永懐何復已
遺蹟没叢林
鳥道青山古
石標蒼蘚深
孤忠孔明業
千載仲尼心
歴歴當時事
誰能仔細尋

永懐　何ぞ復た已む
遺蹟　叢林に没す
鳥道は　青山に古く
石標は蒼蘚に深し
孤忠　孔明の業
千載　仲尼の心
歴歴たる　当時の事
誰か能く　子細尋ねん

・永懐＝永年の思い。
・叢林＝やぶ。林。
・蒼蘚＝青々としたこけ。
・孤忠＝一人で君主に尽くす忠義。
・孔明＝諸葛亮の字《あざな》。三国時代蜀の名宰相。
・仲尼＝孔子の字。春秋時代、魯に生れた聖人。
・歴歴＝明らかなさま。

右丞曾此住
左右鬱松林
琴里奔湍遠
銅山落照深
野花頻澍涙
啼鳥獨傷心
何歳陪夫子
重同往跡尋

右丞《うじょう》　曽て此に住む
左右　鬱たる松林
琴里　奔湍遠く
銅山　落照深し
野花　頻りに涙を澍ぎ
啼鳥　独り心を傷ましむ
何れの歳か　夫子に陪して
重ねて同に　往跡尋ねん

・右丞＝右相。右大臣。吉備公。　・琴里・銅山＝ともに地名。
・奔湍＝はやせ。急流。　・落照＝夕日の光。
・陪＝お伴をする。　・夫子＝先生。鈴木豹軒。
・往跡＝古跡

なお、伯海は同年仲秋、地元「弾琴会」のイベントに出席し、前記豹軒の五律に酬和した四首の五律に『大簡詩草』を残している。そのうち一首を掲げる。

吉備公弾琴遺趾勒豹軒　　吉備公弾琴の遺趾に豹軒
夫子大作中秋郷子此弾　　夫子の大作を勒し中秋郷子
琴重攀瓊韻　　此にて琴を弾く重ねて瓊韻に攀づ

遺跡銘詞在　　遺蹟に　銘詞在り
誰弾綠綺琴　　誰か弾く　緑綺《りょくき》の琴
月光籠岸樹　　月光　岸樹を籠め
露氣透衣襟　　露気　衣襟を透す
景仰杜公涙　　景仰す　杜公の涙
流連羊子心　　流連す　羊子の心
峴山山下水　　峴山《けんざん》　山下の水
似弄佩環音　　弄するに似たり　佩環《はいくわん》の音

・綠綺琴＝緑のあや絹で飾った優雅な琴。
・硯山＝小さくて険しい山。猿掛山をさす。
・佩環＝貴人が腰に帯びる環の形をした玉。

4　木下彪（周南）

昭和二十六年八月には木下周南（一九〇二〜九九）が訪れている。周南は宮内省御用掛を経て、昭和二十五年岡山大学法文学部に着任、漢文学を講じた鴻儒である。漢詩に長じ数多くの麗藻を残し『大正天皇御製謹解』などの著作がある。

このとき、両洪儒は次のように酬唱し、臥龍松と虚白室を描いた色紙に揮毫している。

題虚白室圖
伯海
湖山勝處静開軒
松作龍鱗竹有孫
脱盡萬縁經幾巻
維摩一榻坐忘言

虚白室の図に題す
湖山の勝処　静かに軒を開く
松は龍鱗を作し　竹は孫有り
万縁を脱し尽くす　経幾巻ぞ
維摩《ゆいま》の一榻《いったふ》　坐《そぞ》ろに言を忘る

湖と山のある景勝の地に、静かに軒を広げたこの一室。庭には松の老木が龍の鱗のような樹膚をつけ、竹はさかんにむらがり茂っている。あらゆる雑縁から抜け出るためには、幾巻の経典を読めばよいであろうか。維摩経（釈迦の弟子の維摩の所説を述べた経典）の一席に示されていることだと思うが、いざそれを説明しようとするとすでに言葉を忘れてしまっていることだ。

寄題臥龍庵　　周南

松間明月佛前燈
攤巻翛然几可憑
莫問臥龍何日起
一庵風味澹干僧

臥龍庵に寄題す

松間の明月　仏前の灯
巻を攤《ひら》きて　翛然《せうぜん》　几憑《よ》るべし
問ふこと莫れ臥龍　何れの日にか起《た》つと
一庵の風味　僧よりも澹《あは》し

老松の枝の間から見える明月と仏前に供えた灯明。このような環境で、書物を開いて気ままに読みながら脇息にもたれかかるのがよい。この庵の主人に、いつ飛龍となって立ち上がるのかなど、やぼなことは聞かないでほしい。この庵の味わいは俗界を離れた僧よりもあっさりしているのだ。

5　絶筆「右相吉備公館址作」

昭和三十八年の暮、伯海は吉備郡真備町大字呉妹《くれせ》在住の**日野静一**という碩学から、**吉備真備**を景仰する石碑の建立計画を知らされ、同時に碑面に勒《ろく》する漢詩の制作を依頼される。日野は伯海と同じく矢掛中学校から京都大学に進み、**狩野君山**に中国経学や文学を学んだ。卒業後渡満し、奉天大学学長などを務めて帰国、当時八十三歳であった。

日野の計画によると、碑陽に伯海の漢詩、碑陰にドイツ生まれのフーゴー・ラサール（日本に帰化して**愛宮真備**《えのみやまきび》）というカトリックの司祭の書いたラテン語の文章を勒する予定であるという。愛宮は名前からも推察できるように、古代日本の歴史に造詣が深く学問淵博、東京大・上智大などの教授を歴任したあと、東京や広島で禅を取り入れたカトリックの教会を開いた人物である。需めを快諾した伯海は、爾来一年有余の歳月を費やして、**吉備真備**を鑽仰する漢詩を作ることに没頭した。推敲彫琢を重ね、改稿すること数十回、「夢寐の間に吉備公の幻影をみ、夜半想を練って暁天に及んだことも再三であった」という。初稿の題名は**「景仰吉備公作」**（五言排律八十字・八韻）、定稿の題名は**「右相吉備公館址作」**（五言排律百四十字・十四韻）である。「排律」とは十句以上の長詩で、冒頭と末尾の各二句を除き、中間句はすべて対句となることが求められるので、長い作品ほど作者の広い知識と豊かな学殖とを必要とする。これを完成し、奉書に清書し終えた伯海は精魂尽き、黄泉の客となったのである。享年七十一歳であった。この時の様子を**高木友之助**は次のように述べている。

昭和四十年四月四日午前四時四分、奇しくも四の字をならべて、先生は逝かれた。悲報に接し、深夜汽車を乗り継ぎ馳せ参じた時、お宅の表書院に端然と黒羽二重の紋付羽織に仙台平の袴をつけられた先生は永遠の眠りにつかれていた。その枕頭の古雅な螺鈿の経机の上に、奉書が一枚置かれてあった。これがこの詩の定稿であった。晩年リューマチで手指が痛み殆んどペンを使い、筆力も衰えがちであったのに、奉書に毛筆で書かれたこの細楷は、恐ろしいほど格調の高い見事な出来栄えであった。実弟の田中卓志氏に伺うと、亡くなられる僅か十八時間前に書き上げられたものという。言ってみればそれは先生のいのちの最後のそして最も輝かしい燃焼であったのであろう。その死顔がいかにも安らかであったのは、精魂を傾け尽して我が事を終えた安らぎがあったのであろうか。かけがえのない恩師を失って呆然としている私に、「高木君、やっと出来たよ」と語りかけているような安らぎであった。（以下略）

〈『阿藤伯海追懐』所載「右相吉備公館址作について」より〉

右相吉備公館址作

住學盈歸日
昭昭長德音
禮容明兩序
文字迄當今
銜命扶桑重
顧恩滄海深
規模遵聖訓
吁咈清宸襟
大節絳侯業
中興梁國心
上天無忒道
衆口欲銷金
寵辱豈須說
風懷久更尋
宮梅賢士筆

右相吉備公館址《やかたあと》の作

住いて学び　盈《み》ちて帰れる日
昭昭として徳音長し
礼容は　両序に明らかに
文字は当今に迄ぶ
命を銜《ふく》めば　扶桑は重く
恩を顧みれば　滄海は深し
規模は　聖訓に遵《したが》ひ
吁咈《くふつ》は　宸襟を靖《やす》んず
大節に　絳侯《ごうこう》の業
中興に　梁國《りやうこく》の心
上天は　道に忒《たが》ふ無けれども
衆口は　金を銷《と》かさんと欲す
寵辱《ちょうじょく》は　豈に説くを須《もち》ひんや
風懐は　久しく更に尋ぬ
宮梅に　賢士の筆

澗月逸人琴
舊館浮雲靜
遺墟喬木森
饑鷹伏祠屋
狡鼠竄叢林
花落孤邨夕
草生華表陰
兎册幼童集
時祭野翁臨
想見三朝政
誰疑右相忱
我生千歳晩
掩涙對蒼岑

澗月に　逸人の琴
旧館に　浮雲は静かにして
遺墟に　喬木は森たり
饑鷹《きよう》は　祠屋に伏し
狡鼠《かうそ》は　叢林に竄《かく》る
花は落つ　孤邨の夕
草は生ず　華表の陰
兎册《とさつ》に　幼童は集まり
時祭に　野翁は臨む
想ひ見る　三朝の政
誰か疑はん　右相の忱《まこと》
我れ生るること　千歳晩《おそ》し
涙を掩《おほ》ひで　蒼岑に対す

石碑の建立は当初の予定から大きく変更された。伯海の詩碑は矢掛町東三成の吉備大臣宮の境内に建立され、昭和四十三年十月二日に除幕。また愛宮のラテン語の碑は真備町箭田の土師谷に建てられた。
なお、前記の伯海の五排を数人の漢学者が解読を試みているが、解釈には若干の差異がある。そうしたなか、**清岡卓行**の意訳が最も簡明で分かりやすいので引用させていただく。

唐に留学して帰ってきたとき、評判はすばらしく高かった。唐の儀礼や制度を大学で講義し、日本の文字の五十音図を考えてはそれを今日に及ぼしている。君命でまた唐に行き、日本の国威を高めた。天恩は海より深い。吉備公はさまざまな制度の範《はん》を儒教にとり、奈良の都を栄えさせ、誤りがあれば直言して天子のみ心を安めた。道鏡を制した清麻呂の動きは、吉備公の深慮によった。皇位継承で藤原氏が専横《せんおう》であったときも、公は一人反対した。それは天の道に則《のっと》ったもので誤りはなかったが、周囲の俗論は公をおとしめた。公が恩寵《おんちょう》を受けたり左遷されたりしたことについて、説明などいらぬ。私は公の風雅なわざをこそ久しく深した。すると、宮中で梅を歌った詩があった。退隠《たいいん》しては、谷に月が美し夜、岩の上で琴を弾いたりしているのだ。今日、公の昔の館の跡に来てみると、その上に雲は静かに流れ、鬱蒼《うっそう》と高い樹樹の森がある。飢えた鷹が社に伏し、すばしこく狡《ずる》い鼠が叢林にかくれている。寂しい村里の夕ぐれに花は散り、社の鳥居のあたりに雑草が茂っている。幼い子供たちは絵に眺め入り、老人たちは祭りの気分に酔っている。私は吉備公が三代の天皇に仕えたことを思う。右大臣であった公の真心を、誰が疑うだろうか。ああ、私は、千年も遅く生まれて来たのだ。涙をおおいながら、蒼《あお》い峰を眺めるのである。

（『詩礼伝家』所収「千年も遅く」）

没後の顕彰

―その人と文学―

阿藤伯海記念公園広場にある詩碑と顕彰碑

一　詩碑・顕彰碑

昭和四十三年十月二日、小田郡矢掛町東三成の吉備大臣宮境内に建立された**伯海**の絶筆**「右相吉備公館址作」**を勒した詩碑と同一のものが、伯海の地元の篤志家**高橋樺太**らの発起により、第一高等学校の門下諸名士が相謀って、浅口郡鴨方町六条院中の真止戸山神社の参道脇に建てられ、昭和五十九年八月吉日除幕式がとり行われた。傍らには**清岡卓行**撰文、**高木友之助**揮毫の顕彰碑も副えられた。なおこの両碑は、平成十七年十二月、阿藤伯海記念公園の記念広場へ移された。次に**清岡卓行**の撰文を掲げる。

阿藤伯海先生ハ明治二十七年二月十七日《ママ》ニ岡山県鴨方町デ豪農ノ長男ニ生マレタ　諱ハ簡　字《ママ》ハ大簡　二十世紀中葉日本ノオソラク最高ノ漢詩人デアル　六条院ノ小学校時代カラ秀才デ容姿端正　矢掛中学校ヲ経テ第一高等学校文科ニ学ビ岩元禎教授ニ影響サレタ　東京帝大哲学科ニ入ッタガ上田敏ニ私淑シ近代西欧ノ詩美ニ囚ワレタ　大正十三年卒業論文ノ対象ハ　ノヴァーリス　同ジコ

ロカラ李白杜甫ナド古代中国ノ詩人ニ魅惑サレ京都帝大ノ狩野直喜博士ニ中国学ヲ学ンダ　独身ヲ守ツテ鎌倉ニ住ミ現代詩ノ秀作「哀薔薇」ヲ発表シタガソノノチハ漢詩制作ニ最大ノ情熱ヲ注イダ　昭和十年ゴロ法政大学デ漢文学ヲ講ジ同十六年第一高等学校教授トナッテ漢文学ヲ担当　戦時ニアッテ王道ヲ尊ビ覇道ヲ排スル識見　文学ヘノ理想主義的ナ愛着　寛厚ナ人柄　時流ニ超然ノ羽織袴コレラハ多感ナ一高生ノ敬慕ノ的トナッタ　同十九年暮ノ暗澹タル戦局ノ中デ辞任シテ帰郷　故宅臥龍洞デ看経三昧ノ生活ニ入ッタ　戦後農地改革ニ先立チ田地ヲ小作人ニ贈ツテ一部カラ嘲笑サレタガ恬然トシテイタ　同二十四年岡山大学創設ニ尽力　再ビ教壇ニ立ツコトハナクソノ後孤居十数年臥龍松ノ傍デ詩作読書ニ耽ッタ　同四十年四月四日死去　前日ニ完成シタ「右相吉備公館址作」ハ高雅芳潤ノ代表作デアル　拡大シタソノ草稿ヲ刻ンダ石碑ガ矢掛町東三成ノ吉備大神《ママ》宮境内ニ建立サレタ　同四十五年ニ先生ノ漢詩約四百八十編ガ「大簡《ママ》詩草」トシテ一高教授時代ノ門下生ラニヨッテ刊行サレタ　法名　臥龍庵大簡居士　墓ハ大簡阿刀先生之墓ト刻シ旧宅近クノ丘ニアル

昭和五十九年八月吉日

受業　清岡　卓行　撰文

同　高木友之助　謹書

二　阿藤伯海記念公園

伯海没後四十年に当たり、顕彰事業として**「阿藤伯海記念公園」**が鴨方町六条院東（阿藤伯海旧居＝町史跡）に整備され、平成十八年一月十八日に開園した。土地や建物は、これを相続した令甥の**田中喬**氏が平成十一年に鴨方町に寄贈したものである。総面積六五〇〇平方メートル。そのうち、母屋、離れ（書斎）、蔵、長屋などの旧居は研修室、史・資料や遺品などの展示室として使用されている。

その西の高台は「流芳の丘」と称する梅園で、北方はるか遥照山系が望める景勝である。旧居の東は顕彰碑二基を配した記念広場である。

・開館時間九時～十七時
・休館日　月・火・祝日　十二月二十八日～一月四日
・電話〇八六五―四四―七〇〇一

旧居（母屋）床の間には**伯海**の筆蹟、「遺懐詩」「自述句」なども掲げられており、清恬高雅にして寛簡な人柄を垣間見ることができる。

三逕就荒松菊残
一牀書巻守儒酸
送窮閭里雨霜晩
猶有故衣能禦寒
　遺懐　大簡

三徑荒に就き　松菊残す
一牀の書巻　儒酸を守る
送窮《そうきゅう》の閭里《りょり》　雨霜の晩
猶ほ故衣有りて　能く寒を禦《ふせ》ぐ

・三逕＝三径。隠者の庭園。庭に三つの小道を作り、松・菊・竹を植えた故事による。
・残＝いたむ。
・儒酸＝学者がなめる辛酸。
・送窮＝窮鬼（貧乏神）を送り出す。正月末日の行事。
・閭里＝村里
・故衣＝着慣れた古着。

寂莫憐吾道　　寂莫　吾が道を憐《あわ》れむ
依稀似古人　　依稀　古人に似たり

滕簡書

・憐＝大切に忠う。
・依稀＝よく似ているさま。
一説にぼんやりとしたさま。

碩人は之れ寛なり

出典
「考槃ハ在リレ澗ニ碩人ハ之レ寛ナリ」
・考槃＝隠者の宅。思うまま楽しむ所。　・碩人＝立派な人格を備えた人。

自述句

三　『大簡詩草』

伯海の門人**高木友之助**（中央大学総長）が、伯海の遺詠四百八十首を一巻にまとめ、昭和四十五年四月私家版として刊行した。唐本仕立て、帙入り。

題簽《だいせん》には**狩野君山**（伯海の京都帝大恩師）の書を採り、序には君山の往時の伯海宛の書簡と**鈴木豹軒**（同じく京都帝大の恩師）の漢詩三篇を掲げている。これを楷書に書き改め、さらに訓読と語注とを付記しておく。

阿藤賢弟左右刻接恵書知筆研無恙為慰為頌鎌倉去都不遠江山清美風日妍麗又為古昔将軍開府之地猛将悍卒所百戦殞命登丘而望之亦足以當廣武之嘆倘有近什能以示我乎老夫今年六十六白髪種々學殖荒落無可與故人言者讀書之功老年不如壮年壮年不如少年至今自悔無及而已今日寒甚思賢弟不已援筒書之順頌文址

狩野直喜頓首

正月念六

阿藤賢弟左右。刻《いま》恵書に接し、筆研恙《つつが》無きを知り、慰と為し頌と為す。鎌倉は都を去ること遠からず、江山清美、風日妍麗、又古昔将軍開府の地たり。猛将悍卒《かんそつ》百戦殞命《ゐんめい》する所なり。丘に登りて之を望めば、亦以って広武の嘆に当つるに足らん。倘《もし》近什有らば能く以って我に示さん乎。老夫今年六十六、白髪種々《しゅじゅ》、学殖荒落、故人といふべき者無し。読書の功、老年は壮年に如かず、壮年は少年に如かず、今に至りて自ら悔ゆるも及ぶ無き而已《のみ》。今日寒甚だしく、賢弟を思ひて已《や》まず。簡を援《ひ》きて之を書す。順頌、文祉。

正月念六

狩野直喜頓首

・将軍＝源頼朝をさす。・悍卒＝荒々しい武士。
・殞命＝命を落とす。落命。・殞殪。殞斃。殞砕など同義語。
・広武之嘆＝戦争の悲哀。戦争をすることを嘆く。「広武」は河南省成皋県の北東にある山の名前。別名「三皇山」。楚の項羽と漢の劉邦とが対陣した故地。
・近什＝近頃作った詩歌。「什」は詩経で十編の詩をさすことから詩歌の意。
・種々＝髪の短くまばらなさま。「しょうしょう」とも読む。
・念＝二十

斎藤晌（伯海の東京帝大級友）による漢文の追懐文は、内容・装丁ともに文学的香り豊かな一書となっている。

この書の「序」となっている狩野君山の伯海宛書簡と、**斎藤晌**による跋文

（訓読）を掲げる。

跋

五十年前、余　虚白室主人を東京帝国大学に於いて識《し》る。蓋し同に哲学を攻むる者なり。主人の姓は阿藤氏、諱《いみな》は簡、字は伯海、一字大簡なり。岡山県の人。家世は素封にして、主人資性孤高嶄絶し、妄りに人を容れず。余と一たび相見するや莫逆の交を訂《むす》ぶ。
畢業の後、即ち京都に赴き、狩野君山の門に入る。而して学大いに進み、復た東京に来たりて、法政大学教授、第一高等学校教授に任ぜらる。甲申乙酉の際、戦火将に関東に及ばんとす。乃ち辞職して、故郷に西帰す。故郷は鴨潟六條院村。当世の一桃源なり。已にして尽く所有の田地を挙げ、之を佃戸《でんこ》に分ち、其の償を求めず。退きて独り旧宅臥龍《がりょう》洞虚白室を守る。戦後之が為に家業凋落す。戸庭蕭然たるも、主人晏如たり。時有りてか興に乗じて京洛に漫遊し、山林に逍遥し、吟峨絶えず。昭和乙巳、疾を獲て長逝す。享年七十有二。一生娶らず、平素の起居、仏僧の如し。然して終に家室兒孫無し。門弟子等其の遺稿を刻し、余に乞ひて之に跋せしむ。亦た主人の遺意なり。嵯乎《ああ》、今日此れを視ること邈《ばく》として山河の若し。吾何を以てか懐を寄せん。其の学深邃《しんすい》にして、其の書遒勁《しゅうけい》。其の詩清雅にして、其の人高士なり。而して世に存する所は、僅かに此の如《ごと》し。悲しいかな。

昭和四十五年孟春　斎藤　晌　識す

平成二十二年二月、同じく門人の**三重野康**（第二十六代日銀総裁）の序文と伯海のプロフィールとを追加して、財団法人吉備路文学館（当時・遠藤堅三館長）から復刻版が発行された。

四　『詩礼伝家』

清岡卓行（芥川賞受賞作家）が恩師でもあり、「日本における最後の優れた漢詩人であるかもしれない阿藤伯海先生」の人間像を、畏敬と景仰の念をこめて詩情豊かに描いた書である。

文芸春秋社版（昭和五十年刊）は、「千年も遅く」（文学界、昭和四十六年三月号）、「詩礼伝家」（新潮、昭和四十九年一月号）「金雀花の蔭に」（文学界、昭和五十年五月号）の三篇を一冊にまとめた、いわゆる三部作である。この書の「あとがき」で、清岡卓行は「三つの短編による組曲ふうの作品が、とにかくもできあがった今、私はその出来ばえがどうであるかということに、ほとんど関心がない。そうしたことよりも本書を通じて、阿藤伯海という不出世の漢詩人の作品と人柄に、深い魅力を覚えるひとが、少しでも増えてくれたら、それでいい、というふうに思うものである。」と述べている。

講談社文芸文庫版（平成五年刊）は、右の三部作に「蘇州で」を加えた四部作である。「蘇州で」は清岡が昭和五十一年十一月二十九日から十二月十五日までの十七日間（日中平和友好条約締結前）、中国人民対外友好協会からの招待で、日中文化交流協会日本作家団（十名）の一員として訪中したときの体験を綴ったもので、随所に恩師伯海に対する熱い思いが吐露されている。

ちなみに、清岡卓行はこの書の「筆者から読者へ・青春期にめぐり合った詩人の実物」と題する跋文で、次のように述べている。

私が本書の四部作を構成的に制作した意志は、ついで、客観的に日本の詩の展開を眺めようとする立場にもとづいています。

今日、常識的には、日本の詩の展開にあって大きな流れを形づくるものは、短歌と俳句と現代詩であると考えられています。しかし、歴史的にこの問題を考えるとき、そこには欠けている大切なものが一つあるのです。

それは今日ではまったくあるいはほとんど行われていない日本人による漢詩の制作です。古代に早くも花が開き、中世を逞しく生き、近世のすばらしい盛期を経て、明治時代にも受けつがれたこの潮流は、大正時代の後半ごろから凋落の一途をたどりはじめたように見えます。

今日、日本の詩の展開を考えようとする場合、この漢詩の問題が忘れられがちです。そのようなとき、日本における最後の優れた漢詩人であるかもしれない阿藤伯海先生の詩と生活の実態を少しでも伝えることは、客観的にも充分意味があることだと私は思ったのです。それを伝えることは、自分の義務であるとも考えました。

ここで、本書制作のさらにもう一つの動機について記しますと、私が中国を旅行したとき「詩礼伝家」の出典にまったく思いがけなくぶつかったという偶然への驚きです。それは同時に、中国の文学を熱烈に愛する阿藤伯海先生や髙木友之助が中国を旅行することなく、フランス文学を専門の研究の対象に選んだ私が中国を旅行するという、運命のふしぎさへの感概でもありました。

このことを私は紀行『芸術的な握手』（一九七八年文藝春秋刊）のなかの一章「午睡」で描いていますが、その本に対するある新聞の匿名の書評が、「午睡」は好個の短篇小説であるともいえようと書いてくれたことがあります。この著者は私の敬愛する文芸評論家佐伯彰一であると想像できました。

私はその批評によって新しい元気を覚え、いつかこの章に適切な加減筆を行って「蘇州で」と題し、その短篇を『詩礼伝家』のなかの第四作にしたいと思いました。十五年も前からその宿望が今回ようやく叶えられたわけです。

吉備路文学館版（平成二十二年刊）は講談社文芸文庫の復刻版で、遠藤堅三館長（当時）の跋文が副えられている。

五　柴田錬三郎の賛辞と小説への引用

岡山県備前市出身の直木賞作家柴田錬三郎（一九一七〜七八）は、エッセイ『地べたから物申す』（昭和五十一年五月、新潮社刊）で「宰相の田中角栄が日中国交回復の際（昭和四十七年九月二十五日）披露した稚拙な漢詩―国交途絶幾星霜　修交再開秋将到　隣人眼温吾人迎　北京空晴秋気深―は国辱ものだ。」と酷評したあと、次のように述べている。

　どうやら、現在の中国文学専攻の学者のうちで、観るべき漢詩のつくれる人は、ほとんどいないらしい。

　私の知る限り、現代に生きた人で、感嘆にあたいする漢詩をつくった碩学は、一人しかいない。阿藤伯海という人である。（昭和四十一《ママ》年に物故された。）（中略）

阿藤伯海は、晩年、親しい門人の一人に次のような七絶を送っている。

笑我衰遅漫売山　　笑フ我衰遅　漫リニ山ヲ売ルヲ

新修茅舎望松関　　新修の茅舎　松関ヲ望ム
少年無訝愚渓宅　　少年訝ル無シ　愚渓ノ宅
幾巻残書散壁間　　幾巻ノ残書　壁間ニ散ズ

同じ日本人でも、こういう高潔な詩人がつい先頃までは、いたのである。

おそらく、**阿藤伯海**の漢詩を携えて、中国に渡り、識者に示したならば、唐宋詩人に比すとも劣らず、と感嘆されるに相違ない。

さらに**柴田錬三郎**は、小説**『決闘者宮本武蔵少年篇・青年篇』**（昭和四十八年七月、講談社刊）に、伯海作の漢詩三篇（「春愁」「郭公」「秋懐」）を引用している。いずれも学芸に精進する吉岡道場の**清十郎**が自作の漢詩を、**沢庵和尚**に披露する場面である。

　吉岡清十郎は、久しぶりで、沢庵を昌山庵にたずねるべく、巨椋《おぐら》池の畔を歩いていた。越後上布の帷子《かたびら》をまとうていたが、松葉を散らした染めは、清十郎自身の工夫で、よく似合っていた。清十郎が、沢庵に逢おうとする目的は、ふたつあった。ひとつは、懐中にある近作の詩を、披露することであった。気に入ったのを二篇ばかり、したためて来た。いずれも、完成するまでに、十日以上も費やしている。

春愁

楊柳池塘燕子斜飛来飛去向誰家
春風不管女児歎吹入短牆多落花

郭公

五月孤邨聞郭公前山躑躅尚残紅
傷心一片軽陰外声入蕭蕭微雨中

清十郎にとって、沢庵の批評をきくことができるのが、詩作のはげみになっている。

去年の秋、「秋懐」という一篇を示して、

「御辺は、天才でござるよ」

と、賛辞を呈された時、清十郎は、昌山庵からの帰途、われを忘れたものであった。

來気ハ南澗ニ生ジ、秋光ハ北淵ニ遍ク、
鱸ハ水波ノ上ニ跳ビ、蓴ハ浦沙辺ニ老ユ、云々
という詩は、作りあげた時は、あまりに技巧をこらしすぎたと思っていたのである。沢庵にほめられてから、清十郎は、自信を得た。それまで、沢庵は、決して、ほめてはくれなかったのである。（中略）
いま、懐中にしている二篇は、自分でもかなりの詞藻を駆した自負がある。沢庵が、なんと批評してくれるか、愉しみである。（以下略）

あとで、**柴田錬三郎**自身も、「本篇に使用した漢詩は、故**阿藤伯海**先生の御作を借用しました。」と記している。

六　講演会等による顕彰

1　最終講義

中央大学最終講義で、**高木友之助**総長が阿藤伯海の人間像について講義。平成六年一月二十二日。於中央大学文学部。

2　「阿藤伯海先生の思い出」と題して、**高木友之助**元中央大学総長が講演。平成八年三月九日。於浅口市保健福祉センター。

3　「阿藤伯海先生と私」と題して、**三重野康**第二十六代日銀総裁が講演。平成十四年五月二十四日。於浅口市健康保険センター。

4　「阿藤伯海の文学と藤門の書生たち」と題して、**三重野康**第二十六代日銀総裁が講演。平成二十年四月十九日。於吉備路文学館。

5　「右相吉備公館址作」と題して、**広常人世**岡山大学名誉教授が講義。平成二十年四月十九日。於吉備路文学館。

6　「阿藤伯海先生を偲びて」と題して、**狩野直禎**京都女子大学名誉教授が講演。平成二十二年六月二十六日。於浅口市中央公民館。

7　「岡山の生んだ漢詩人・阿藤伯海」と題して、石川忠久全日本漢詩連盟会長が講演。平成二十二年十一月三日。於浅口市中央公民館。この前日、阿藤伯海記念公園は第二十五回国民文化祭文芸祭「漢詩」の吟行会場となる。

8　「阿藤伯海先生の詩を読む」と題して、広常人世岡山大学名誉教授が、平成二十三年八月から十二月にかけて五回講義。於浅口市中央公民館。

9　「阿藤伯海先生の人となりとその作品」と題して、「岡山県生涯学習連携講座平成二十五年度県西部の文化を学ぶ」において、定金恒次倉敷市立短期大学元教授が講演、平成二十五年十月二日。於浅口市中央公民館ほか。

10　「阿藤伯海に魅せられて」と題して、遠藤堅三吉備路文学館顧問が講演。平成二十八年二月二十八日。於阿藤伯海記念公園。

11　「藤門の八書生―第一高等学校教授時代の阿藤伯海―」と題する定金恒次筆の評伝を倉敷市立短期大学研究紀要第六十号に掲載。平成二十九年三月二十五日。

あとがき

その走り書きがとてつもなく大事なものだとわかったのは、その日から一か月ほど経ってからであった。その日はちょうど、生前に父恒次と日本文教出版の黒田さんとが、本書の文庫化について打ち合わせをする約束をしていた日だったそうだ。夜になって、書斎の椅子に座ったままの姿で発見されたとき机の上にあったのが、推敲中の本書のまえがきだったのである。

文字どおりの絶筆が残されたことで、書籍化の遺志を引き継ぐことが可能となった。ただ、まえがきで書いているような「添削」を本人が施す機会は失われたため、第76号で連載が終了したばかりの「高梁川」の論文を底本として編集を進めていただいた。

この「阿藤伯海の世界」が岡山文庫に収められることで、前著「木山捷平の世界」「赤松月船の世界」と並び、西備地方が生んだ文学者に関する三部作が揃うこととなった。大変ありがたいことである。本書の出版を後押ししてくださり、また、ご理解ご協力をいただいた関係者の皆様に深く感謝申し上げたい。

定金整司

編著者略歴
定金　恒次（さだかね　つねじ）

昭和 6 年　岡山県浅口郡に生まれる。
昭和 28 年　岡山大学教育学部卒業。小・中・高校教諭、中国黒龍江大学講師、倉敷市立短期大学教授等を歴任（平成 8 年定年退職、平成 30 年 3 月名誉教授）。その後岡山大学教育学部、くらしき作陽大学、倉敷看護専門学校等を兼務したのち、就実大学、倉敷芸術科学大学等非常勤講師。
平成 30 年 11 月 19 日 没。

著書『集団読書－その理論と実践－』（昭 47、国土社）、『国語科読書指導の展開』（昭 47、明治図書）、『ヨーロッパ紀行－文部省派遣海外研修員の記録－』（昭 54、日本文教出版）、『高等学校における現代文指導の理論と実践』（昭 54、明治書院）、『木山捷平－大陸の細道への道』（平 3、西日本法規出版）、『岡山文庫 159 木山捷平の世界』（平 4、日本文教出版）、『木山捷平論』（平 5、西日本法規出版）、『木山捷平研究』（平 8、同）、『禅と詩　赤松月船の生涯』（平 15、同）、『慧僧詩人　赤松月船』（平 16、同）、『岡山文庫 228 赤松月船の世界』（平 16、日本文教出版）、『赤松月船－その人と文学』（平 25、遥南三友社）、『続　木山捷平研究』（平 26、同）。他に作詞『浅口音頭』（平 26）。

受賞　実践国語鑑賞（昭 42）、山陽放送教育文化賞（昭 43）、学校図書館功労賞（昭 45）、学校図書館賞（昭 47）、平凡社大百科辞典賞（昭 47）、日本職業指導協会会長賞（昭 52）、聖良寛文学賞（平 13）。

岡山文庫　316　阿藤伯海の世界

令和元年（2019）年 10 月 25 日　初版発行

編著者　定　金　恒　次
発行者　黒　田　節
印刷所　株式会社三門印刷所

発行所　岡山市北区伊島町一丁目 4 － 23 日本文教出版株式会社
電話岡山（086）252-3175（代）振替 01210－5－4180（〒 700-0016）
http://www.n-bun.com/

ISBN978-4-8212-5316-6

● 岡山県の百科事典

二百万人の

岡山文庫

○数字は品切れ

101. 岡山と朝鮮・西川　宏
102. 岡山の和紙・臼井英治
103. 岡山の艶笑譚・立石憲利
104. 岡山の文学アルバム・山本遺太郎
105. 岡山の映画・松田完一
106. 岡山の石仏・厳津政右衛門
107. 岡山の橋・宗田克巳
108. 岡山のエスペラント・岡　一太
109. 岡山の狂歌・蓬郷　巌
110. 百間川・岡山の自然を守る会
111. 夢二のふるさと・真田芳夫／葛原茂樹
112. 岡山の梵鐘・川端定三郎
113. 岡山の演劇・山本遺太郎
114. 岡山話の散歩・岡　長平
115. 岡山地名考・宗田克巳
116. 岡山の戦災・野村増一
117. 岡山の町人・片山新助
118. 岡山の会陽・三浦　叶
119. 岡山の石・宗田克巳
120. 岡山の滝と渓谷・川端定三郎
121. 岡山の味風土記・岡　長平
122. 目でみる岡山の明治・厳津政右衛門
123. 岡山の散歩道 東西・佐藤米司
124. 目でみる岡山の大正・蓬郷　巌
125. 児島湾・同前峰雄
126. 岡山の庶民夜話・佐上静夫
127. 岡山の修験道の祭・川端定三郎
128. 目でみる岡山の昭和Ⅰ・蓬郷　巌
129. 岡山のふるさと雑話・佐上静夫
130. 岡山のことわざ・佐藤・次田／竹内・福尾
131. 目でみる岡山の昭和Ⅱ・蓬郷　巌
132. 瀬戸大橋・ＯＨＫ編
133. 岡山の路上観察・香川・河原
134. 岡山の相撲・二宮朔山
135. 岡山の古文献・中野美智子
136. 岡山の門・小出公大
137. 岡山の内田百閒・岡　将男
138. 岡山の彫像・蓬郷　巌
139. 岡山の名水・川端定三郎
140. 両備バス沿線・両備バス広報室
141. 岡山の明治の雑誌・片山・来田／菱川
142. 岡山の災害・蓬郷　巌
143. 岡山の看板・河原　馨
144. 由加山・原　三正
145. 岡山の祭祀遺跡・八木敏乗
146. 岡山の表町・岡山を語る会
147. 逸見東洋の世界・臼井洋輔
148. 岡山ぶらり散策・河原　馨
149. 岡山名勝負物語・久保三千雄
150. 坪田譲治の世界・善太と三平の会
151. 備前の霊場めぐり・川端定三郎
152. 藤戸・原　三正
153. 矢掛の本陣と脇本陣・武・中山・岡田／池田・柴口
154. 岡山の図書館・黒崎義博
155. 岡山の戦国時代・松本幸子
156. 岡山の資料館・河原　馨
157. カブトガニ・惣路紀通
158. 正阿弥勝義の世界・臼井洋輔
159. 木山捷平の世界・定金恒次
160. 岡山の備前ばらずし・窪田清一
161. 良寛さんと玉島・森脇正之
162. 備中の霊場めぐり・川端定三郎
163. 岡山の多層塔・小出公大
164. 六高ものがたり・小林宏行
165. 下電バス沿線・下電編集室
166. 岡山の博物館めぐり・川端定三郎
167. 岡山の民間療法(上)・鶴藤鹿忠／竹内平吉郎
168. 吉備高原都市・小出公大
169. 玉島風土記・森脇正之
170. 洋学者箕作阮甫とその一族・木村岩治
171. 夢二郷土美術館・松田基／楢原雄一
172. 岡山のダム・川端定三郎
173. 岡山の森林公園・河原　馨
174. 宇田川家のひとびと・水田楽男
175. 岡山の民間療法(下)・鶴藤鹿忠／竹内平吉郎
176. 岡山の温泉めぐり・川端定三郎
177. 阪谷朗廬の世界・山下五樹
178. 目玉の松ちゃん・尾上松之助／中村房吉
179. 吉備ものがたり(上)・市川俊介
180. 中鉄バス沿線・中鉄バス㈱企画部
181. 飛翔と回帰―国吉康雄の西洋と東洋・小澤善雄
182. 岡山の智頭線・河原　馨
183. 出雲街道・片山　薫
184. 備中高松城の水攻め・市川俊介
185. 美作の霊場めぐり・川端定三郎
186. 吉備ものがたり(下)・市川俊介
187. 津山の散策にし・ひがし・黒田　晋／竹内平吉郎
188. 倉敷福山と安養寺・前川　満
189. 鷲羽山・山本慶一／西田正憲
190. 和気清麻呂・仙田　実
191. 岡山たべもの歳時記・鶴藤鹿忠
192. 岡山の源平合戦談・市川俊介
193. 岡山の氏神様・二宮朔山
194. 岡山の乗り物・蓬郷　巌
195. 岡山・備前地域の寺・川端定三郎
196. 岡山ハイカラ建築の旅・河原　馨
197. 牛《うし》窓《まど》を歩く・前川　満
198. 岡山のレジャー地・倉敷ぶんか倶楽部
199. 斉藤真一の世界・斉藤裕重／イシイ省三
200. 巧匠　平櫛田中・原田純彦